JE PEUX TE VOIR

La collection « Échos » a bénéficié du soutien
de la région des Pays de la Loire.

Direction éditoriale : Paola Grieco
Suivi éditorial et maquette : Caroline Merceron
Correction : Romain Allais

Conception graphique : Tiphaine Rautureau
Couverture : © Igor Cvoro

WWW.GULFSTREAM.FR

ISBN : 978-2-35488-558-8

Loi 49-956 du 16 juillet 1949 sur les publications destinées à la jeunesse

Gulf stream éditeur

Carina
Rozenfeld

JE PEUX TE VOIR

ÉCHOS

Pour Léo…

Un grand merci à Catherine qui m'a aidée à voir,
et sans qui ce livre n'existerait pas…

Fuite
(aujourd'hui)

La buée s'échappait à un rythme rapide d'entre ses lèvres, formant de petits fantômes pâles et évanescents dans la nuit. Max se pencha en avant, les mains sur les genoux, le temps de retrouver une respiration régulière. La longue course l'avait éreinté. Le froid piquant lui brûlait les poumons.

Il fallait qu'il récupère, qu'il se calme, sinon il n'irait pas très loin. Le Pater le retrouverait vite, et c'était la dernière chose que Max voulait. Retourner là-bas. OK, là-bas, c'était chez lui, l'endroit où, il n'y avait pas si longtemps, il avait sa chambre, ses affaires, ses livres, sa vie… Mais vraiment, est-ce que sa vie avait encore un sens ?

Max secoua la tête, comme pour se dire « non » à lui-même. Non, sa vie n'avait plus de sens, plus depuis le jour Zéro, comme il l'appelait. Le jour où tout avait changé. Pourtant, il avait cru que tout irait bien. Le Pater le lui avait assuré. Mensonge, comme tout le reste.

JE PEUX TE VOIR

Au bout d'un moment, Max retrouva un peu de souffle et se redressa pour inspecter son environnement. Le bus l'avait mené dans une ville qu'il ne connaissait pas, mais c'était, pour l'instant, le plus loin possible, ce qui représentait un progrès certain. Ensuite, il avait couru depuis le terminus, qui se trouvait près d'une gare, s'enfonçant dans la ville, toujours plus profondément, se perdant dans des rues qui finissaient par se ressembler toutes. Le hasard représentait son salut. Le Pater détestait le hasard. Pour lui, il n'avait aucune signification.

À présent, Max n'en pouvait plus de courir et faisait une pause à l'abri de l'ombre projetée par le haut bâtiment surplombant une étroite ruelle.

Machinalement, il enregistra son environnement. Une large rue perpendiculaire à l'impasse dans laquelle il se trouvait, certainement très passante dans la journée, si l'on prenait en compte la quantité de magasins fermés qui s'alignaient au bas des immeubles.

Ces derniers, hauts de quatre ou cinq étages, plutôt anciens, troués de fenêtres bordées de balcons en fer forgé, étaient plongés dans l'obscurité à cette heure tardive. L'éclairage urbain, d'un orange passé, ne parvenait pas à illuminer le haut des édifices silencieux. Pas un chat dans la rue. Ah si, un, qui se faufilait dans la ruelle où le jeune garçon s'était caché. Sinon pas âme qui vive, et c'était très bien ainsi. Aucun sbire du Pater en vue, ce qui était étonnant. Ou pas. Il avait dû se rendre compte assez tardivement de la disparition de son protégé, peut-être même n'était-il pas encore rentré à la maison, ou alors, il pensait que Max dormait, comme toutes les nuits, dans son lit. Au chaud.

Mais ce n'était pas le cas. Max était ici, dehors. Sa chaleur corporelle, emmagasinée durant sa course, s'estompait. Le froid commençait à mordre ses joues et le bout de son nez.

— Réfléchis, réfléchis, Max... Qu'est-ce qu'il te dirait de faire, dans cette situation ? Après tout, tu as été formé pour ça, non ?

Oui, il avait été formé. Pas tout à fait pour ce genre de situation, mais pour d'autres qui pouvaient s'avérer tout aussi stressantes. Malgré l'incongruité de cette nuit, il devait faire appel à ses connaissances, s'adapter et continuer. Jusqu'où ? Il finirait bien par le découvrir.

Max se laissa glisser, le dos contre le mur, et s'accroupit. Ses jambes tremblaient, il avait besoin de calmer les battements de son cœur pour réfléchir.

— Se protéger, trouver un abri. Voilà la première chose à faire. Ne pas se laisser gagner par le froid.

Alors, il ferma les yeux et se concentra. Au début, ses pupilles, derrière ses paupières, s'agitèrent à toute allure, puis leur mouvement se calma, pour cesser complètement. La respiration du garçon devint presque inaudible tellement son rythme cardiaque avait ralenti. Lent, imperceptible. On aurait pu croire qu'il était mort, tant son immobilité était totale.

Max appliquait la méthode enseignée durant trois longues années. La technique qui lui permettait de maîtriser son talent... Et qui faisait de lui le meilleur des espions : la vision à distance.

Jour Zéro
(il y a trois ans)

Enfin, ses paupières acceptèrent de se soulever. Il lui semblait qu'elles étaient couvertes d'une chape de béton les empêchant de s'ouvrir depuis un siècle, déjà. Ce geste infime et simple était horriblement douloureux. Il avait essayé plusieurs fois de déplier ces fines membranes de peau, mais il avait vite abandonné. Trop mal, trop lourd, trop difficile. Là, il y était parvenu. Les yeux entrouverts, il avait chassé la nuit et les images qui dansaient dans sa tête. Et la première chose que Max perçut après cet effort, ce fut tout ce blanc. Des murs blancs, des rideaux blancs, des draps blancs…

Puis, au fur et à mesure, ses sens lui revinrent. Juste avant, il les avait perdus, enfouis très loin en lui. Il avait oublié ce que voulait dire « voir ». Et maintenant, il se souvenait de ce que voulait dire « entendre ». Un « bip bip » régulier, aigu, agaçant, résonnait à l'infini autour de lui, et il était incapable de l'interpréter. Pourtant, il se souvint que ce bruit lancinant hantait déjà son sommeil et ses rêves – ou plutôt ses cauchemars –, depuis un moment déjà.

Il fut capable de sentir à nouveau. Un parfum désagréable, piquant, de désinfectant, de mort, rongeait ses narines. Et il sut où il était. À l'hôpital.

Dès que cette évidence s'imposa à lui, il comprit également que les images qui l'obsédaient n'étaient pas celles d'une hallucination récurrente, mais des flashs de la réalité. Une réalité qui lui semblait lointaine, alors qu'il peinait à retrouver les sensations de son corps, engoncé comme il l'était dans ce lit étranger. Pourtant, tout avait bien eu lieu.

L'accident.

Le camion qui arrivait en face d'eux, les éclats intermittents de ses appels de phares, le crissement des freins. Le bruit de métal plié si violemment qu'on aurait dit qu'il hurlait, lui aussi. Les cris affolés de sa mère, les pleurs de Morgane, sa petite sœur, le silence effrayant de son père, qui n'augurait rien de bon. Puis le noir. La perte de conscience, de ses sens, de son existence même. Il ne se souvenait plus de ce qui avait suivi. Plus rien depuis ces images et ces sons atroces, jusqu'à maintenant. Il était en vie, donc. Il tenta de lever la tête, sans succès. Son corps lui semblait lourd. D'un bloc. Impossible à bouger. Il ferma les yeux à nouveau en priant silencieusement. Où étaient ses parents ? Dans une chambre à côté ? Puis un doute s'insinua dans son esprit : est-ce que papa et maman étaient encore de ce monde ? Et Morgane ? Si lui l'était, il devait y avoir une probabilité que ce soit le cas pour le reste de sa famille, n'est-ce pas ? Ils dormaient certainement pas loin de lui, dans les chambres voisines, eux aussi reliés à des machines « bipantes », mais en vie.

C'était obligé. Max s'accrochait à cette idée comme à une bouée alors qu'il se sentait ballotté furieusement par une tempête intérieure. Une lame glacée l'arracha à ce fil de pensées. Les ténèbres le happèrent à nouveau.

La deuxième fois, ouvrir les yeux fut moins pénible. Et puis, en plus de tout le blanc, il y avait du monde autour de lui. Des hommes et des femmes. Des médecins et des infirmières, reconnaissables à leurs blouses immaculées, un air préoccupé affiché sur leurs visages, comme s'ils partageaient secrètement de sombres pensées. Un des docteurs, le plus vieux du groupe, s'aperçut enfin qu'il était conscient, une légère agitation secoua le groupe. Une infirmière se rua sur lui pour le tâter et lui administrer des soins incompréhensibles. Trop de brouillard dans sa tête, encore.

La mine du médecin s'adoucit alors qu'il se penchait sur le jeune garçon.

— Ça va, petit ? Tu m'entends ?

Max hocha mollement la tête. Oui, il entendait. Il voyait, il se souvenait.

— Tu t'appelles bien Maxime Vidal ?

Un autre hochement de tête, plus sûr. Oui, c'était son nom.

— Nous avons déduit ton identité grâce à la plaque d'immatriculation de la voiture. Tu te souviens de l'accident ?

Hochement de tête déterminé.

— Bien. Pas de perte de mémoire.

Suivirent d'autres séries d'examens dont il ne garda qu'un souvenir flou.

Il voulait parler, demander si sa famille allait bien, si son père avait survécu. Sa mère, sa petite sœur ? Mais sa langue collait à son palais. Ses cordes vocales ne lui obéissaient plus, alors il resta silencieux, avec toutes ses questions enfermées en lui qui lui faisaient presque mal, tellement elles étaient violentes et impatientes.

Les réponses qu'il attendait, ce fut le Pater qui les lui donna.

Nouveau réveil dans ce monde blanc. Était-ce beaucoup plus tard, ou bien juste après ? Max n'en savait rien, il avait perdu la notion du temps. Tout s'embrouillait : les journées, les nuits, les images de l'accident qui se transformaient en rêves, les visites des médecins qui se ressemblaient toutes, lui donnant l'impression qu'ils étaient là en permanence. Mais pas cette fois.

Cette fois, il n'y avait qu'un homme, grand, grisonnant, une moustache fine ornant sa lèvre supérieure. Il était vêtu d'un costume sombre, ses yeux étaient également noirs, sans pupilles, sans iris. Deux ronds obscurs qui le fixaient avec intensité.

D'une voix grave, posée, empreinte de tristesse et de respect, il se présenta. Max ne comprit pas vraiment qui il était, mais c'était la première personne n'appartenant pas au corps médical qui lui rendait visite. C'était lui, le Pater, qui allait jouer un rôle si important dans la suite de sa vie. L'homme avait une mine sombre, et c'est d'un ton aussi mélancolique qu'il lui apprit la nouvelle :

— Tu es resté vingt-cinq jours dans le coma, vingt-cinq longues journées d'inconscience. Tu as été opéré cinq fois pour réparer quelques organes internes abîmés et remettre en place des os brisés. Mais tu es là, bien vivant, et ta tête n'a pas été touchée. Ton cerveau est intact. Par contre... Je suis désolé...

Il s'interrompit, Max le fixait, muet, devinant la suite. Il sentait sa vie, son sang le quitter, descendre le long de ses jambes, s'échapper par ses pieds. Le froid l'envahit, des tremblements l'agitèrent. Le silence se posa sur la chambre, avant que l'homme ne continue.

— Je suis vraiment désolé, mon garçon, mais tes parents et ta sœur sont tous les trois décédés. Ils étaient déjà morts quand les secours sont arrivés, la voiture a pris feu après la collision, il n'en restait pas grand-chose. On les a enterrés peu après... Tu as eu beaucoup de chance...

La nouvelle fut comme la lumière des phares du camion qui fonçait sur la voiture : aveuglante, destructrice, une énorme explosion de douleur, suivie d'une invasion de ténèbres. Max ne voulait plus savoir. Il préférait quand il imaginait qu'ils étaient près de lui, à l'hôpital. Il ne voulait envisager sa vie sans eux. Il ne le pouvait pas. Son futur ressemblait à un trou noir profond, dangereux et effrayant.

Le cri qu'il poussa fut le premier son qu'il émit depuis son réveil, et il lui sembla qu'il serait là, strident, pour l'éternité.

VISION
(aujourd'hui)

Malgré ses paupières baissées, Max gardait en tête l'image de l'immeuble d'en face, celui aux balcons en fer forgé. Parce qu'il avait appris à conserver en mémoire le moindre détail de ce qu'il voyait, il était capable d'en distinguer mentalement chaque fenêtre, chaque pli dessiné par les rideaux, l'emplacement de la latte d'un volet qui tenait de guingois, la pierre un peu usée sous une fenêtre. Et soudain, il ne fut plus dehors, mais à l'intérieur du bâtiment. Son esprit, projeté au-delà des murs, lui renvoyait l'image d'un appartement silencieux, plongé dans l'obscurité. Mais occupé. Oui, en « passant » dans la chambre, il aperçut des silhouettes endormies sous d'épaisses couvertures. Alors, il envoya son esprit à l'étage supérieur. Une famille. Trois enfants, un chien.

Puis à celui du dessus, occupé lui aussi. Finalement, il trouva ce qu'il cherchait. Un studio sous les combles, cette fois. Vide. Un canapé un peu affaissé, un tapis mité. Un lieu de passage, inoccupé pour l'instant.

JE PEUX TE VOIR

Il rouvrit les yeux sur la ruelle. Ses mains étaient gelées. Combien de temps était-il resté immergé dans sa vision ? Plusieurs minutes, c'était certain. Tout engourdi, il se redressa et s'étira avant de trottiner jusqu'à la porte de l'immeuble. Il suffisait d'appuyer sur un bouton pour l'ouvrir. Elle se déverrouilla avec un bruit sec, grinça un peu lorsqu'il la poussa. Puis elle se referma en douceur derrière lui. Laissant la lumière éteinte, par précaution, Max tâtonna jusqu'à trouver la rambarde de l'escalier. Une marche après l'autre, il monta, comptant les étages. Enfin, arrivé au cinquième, il resta immobile quelques secondes, le temps de décider quelle porte ouvrait sur le studio.

Crocheter une serrure, c'était un jeu d'enfant pour lui. Surtout un modèle aussi ancien. Le Pater le lui avait appris. « Tu sais forcer les portes par l'esprit, mais un jour tu auras peut-être besoin de le faire en vrai. Regarde, c'est simple. »

En quelques instants, à l'aide d'un trombone qui se trouvait dans la trousse de son sac à dos, Max se retrouva à l'intérieur. L'air était moins glacial derrière les murs, mais encore trop froid pour lui. Alors, toujours dans l'obscurité, se fiant à ses sens et aux images récoltées un peu plus tôt durant sa visite mentale, il trouva le placard, et dedans une grosse couverture soigneusement pliée. Soulagé, il s'en enveloppa et se recroquevilla sur le canapé. Celui-ci sentait un peu le moisi et le vin, mais c'était mieux que rien.

Enfin, se sentant en sécurité, au moins pour quelques heures, il s'autorisa à s'assoupir.

Le Pater
(il y a trois ans)

Le Pater venait tous les jours à l'hôpital, attentif aux progrès de Max. Après plusieurs semaines, on l'avait débranché de toutes les machines auxquelles le garçon était relié, et il avait pu commencer sa rééducation. Il remarcherait, on le lui avait assuré. Mais il ne se débarrasserait jamais de la longue cicatrice qui courait le long de sa jambe. Une fois de retour dans sa chambre, il trouvait le Pater assis sur la chaise, rigide, comme sa voix, son regard, son être tout entier. Max se demandait ce que cet inconnu lui voulait. La réponse arriva un matin, sans qu'il ait eu besoin de demander.

— Quand tu seras prêt, complètement remis, tu pourras venir vivre à la maison. J'ai déjà effectué toutes les démarches nécessaires.

Il ne lui avait pas demandé s'il était d'accord. De toute façon, Max n'avait nulle part où aller. Il avait eu un oncle autrefois, qui était aussi son parrain, mais ce dernier était décédé d'un cancer, et il ne restait plus personne pour s'occuper de lui dans son entourage proche.

Le Pater, devant l'absence de réaction de la part de l'adolescent, continua :

— Toutefois, je te demande une chose. Une seule. C'est une sorte de… petit examen de passage. Si tu y arrives, alors tu viendras chez moi. Une chambre t'y attend, tu verras, tu ne manqueras de rien.

Max opina. OK pour l'examen de passage. Il n'avait aucune idée de ce qu'allait lui demander le Pater, mais il se fichait de ça aussi. De toute façon, depuis qu'il avait appris qu'il ne reverrait jamais ses parents ni Morgane, il se fichait de tout. Souvent, même, il se disait qu'il aurait préféré mourir lui aussi, juste pour ne pas avoir à vivre avec leur souvenir, leur manque, cette blessure béante et immense comme l'univers tout entier.

Alors, le Pater sortit de sa sacoche en cuir une grande enveloppe kraft, tellement fine qu'elle paraissait vide.

— Tu as juste à me dire ce qu'il y a dans cette enveloppe.

Max haussa un sourcil. Il n'y avait rien, elle était toute plate, pas même scellée. Pourtant, le Pater attendait, toujours aussi droit sur la chaise.

— Je… je ne sais pas…

— Si, tu sais, Max. Il suffit que tu veuilles savoir. Concentre-toi. Je sais que tu le peux.

Max regarda l'homme avec une moue, cherchant sur son visage une trace de moquerie. Était-il en train de blaguer ? Mais non, le Pater affichait toujours son sérieux habituel, comme s'il ne savait pas sourire ou s'amuser. Et il attendait, fixant Max avec austérité, patience, confiance aussi.

Bon… C'était l'examen de passage. D'accord, Maxime allait trouver ce qu'il y avait dans cette fichue enveloppe et, s'il ratait… il s'en fichait aussi. Il avait déjà tout perdu, alors un peu plus ou un peu moins !

Lentement, en fixant l'enveloppe, le garçon s'assit sur son lit, ramena sa jambe encore raide et douloureuse sur la couverture. Le temps passa, les contours du papier beige s'émoussèrent, se fondirent en partie dans le gris foncé du costume du Pater et en partie dans le blanc du mur. Les secondes s'égrainaient lentement, tout paraissait figé autour de ce mystère…

Puis soudain Max sentit quelque chose, un parfum, sucré, familier. Celui du gâteau au chocolat. Aussitôt, l'image de la pâtisserie, délicieuse, encore fumante, s'imposa dans son esprit. Elle était tellement nette, tellement évidente, que c'était comme si le gâteau se trouvait là, devant lui, sous ses yeux.

Mais l'enveloppe ne pouvait pas contenir un gâteau au chocolat, elle était trop plate ! Et pourtant… Il sentait le moelleux de la pâtisserie sous son palais, son arôme délicat contre ses papilles. Son cœur se mit à battre très fort contre ses côtes. Tout était trop évident, et pourtant il avait peur de le dire, et c'est en hésitant qu'il donna sa réponse :

— C'est… un gâteau au chocolat ?

Le Pater sourit, sortit une photo de l'enveloppe.

Max fixa le cliché.

Sur l'image, un gâteau au chocolat.

En réalité, le Pater s'appelait François-Xavier Rouelle, mais il avait dit à Max :

— Je serai comme ton nouveau père. Je ne cherche pas à remplacer l'ancien, juste à prendre soin de toi. Je ne te demande pas de m'appeler papa. Tu peux m'appeler monsieur pour l'instant... On verra plus tard si on change les choses.

Trois ans après, Max l'appelait toujours monsieur, mais intérieurement il l'avait surnommé le Pater, le père en latin. Celui qui avait pris la place de l'autre qu'il avait perdu, celui qui lui servait de famille depuis la disparition de la sienne.

Lors de ses visites, le Pater lui demandait systématiquement de deviner le contenu de l'enveloppe. Et Max y parvenait toujours. Une voiture rouge, un château, une piscine, une plage, un appareil photo... À chaque bonne réponse, les yeux de Rouelle brillaient un peu plus, un sourire satisfait s'accrochait à ses lèvres fines, les premiers depuis le début de ses visites.

— Tu es doué, mon garçon. Très doué. Certainement l'un des meilleurs. J'ai longtemps cherché quelqu'un comme toi.

Lors d'une journée grise, alors que la pluie battait le carreau de la chambre blanche de Max, le Pater avait pris le temps de lui expliquer la nature de sa mystérieuse quête. Selon lui, tout le monde pouvait développer certaines capacités endormies du cerveau. En effet, il avait fait des études qui prouvaient que l'homme n'utilisait pas complètement les possibilités de son esprit. Soit parce qu'il ne savait pas le faire, soit parce que ces dernières n'étaient pas assez développées. Certains étaient plus doués que d'autres, et il fallait dénicher le génie qui saurait faire preuve de qualités exceptionnelles. Ensuite, grâce à des formations, des protocoles compliqués à instaurer, on pouvait aider le sujet à apprendre à utiliser son don.

Toujours selon Rouelle, il pouvait se passer des événements qui débloquaient complètement ces aptitudes. L'un d'entre eux était l'expérience de la mort imminente. C'était exactement ce qu'avait traversé Max. L'accident, le coma profond, puis le retour à la conscience… Quand on en revenait, tout était changé. Et parfois, on se retrouvait doté de facultés développées alors qu'elles étaient restées dormantes jusqu'ici, d'une conscience étendue… Rouelle rendait visite à tous les survivants de coma, à la recherche de phénomènes psychiques comme chez Maxime. Certains ne développaient rien, aucun don, et d'autres devenaient des super-héros.

— Comment vous savez tout ça ? avait demandé un jour le garçon.

Jamais il n'avait entendu parler de ces histoires, de ces aptitudes. Ni à la télé, ni en cours, ni même par son père, qui était pourtant médecin.

— J'ai travaillé pour des sociétés spécialisées dans ce sujet. Iris Intuition Consulting[1] est la plus importante, mais ce n'est pas la seule. Toutes ces recherches ont été explorées il y a des années déjà par la CIA, qui possédait un département spécial dans les domaines de développement psychique. Savais-tu que certains espions étaient en fait dotés de pouvoirs incroyables ? Aussi incroyables que le tien ?

---

[1] Iris Intuition Consulting est une société basée sur le développement de l'intuition et pratique le *remote viewing*, la capacité que possède Max, ou plus exactement la vision à distance en français. De nombreuses recherches s'appuient sur ces facultés dans divers domaines, comme la recherche de personnes, l'archéologie et la science.

Max fit non de la tête.

— Je ne savais pas. Ce ne sont pas des histoires, ce que vous me racontez ?

— Si tu veux, je t'apporterai de la documentation sur le sujet, la prochaine fois[1].

— Alors, c'est quoi, mon superpouvoir, exactement ?

— C'est la vision à distance, Max. La capacité de te déplacer mentalement afin de voir des choses ou des lieux qui sont pourtant éloignés de toi. Tiens, je te propose un jeu. Ce soir, tu dois me retrouver. Par la pensée. Et demain, tu me diras où j'ai passé la soirée.

— Mais je fais ça comment ?

Le Pater avait passé une main presque affectueuse sur la tête de son protégé.

— Tu as déjà toutes les compétences en toi, Max. Pense à bien contrôler ta respiration, à te concentrer et envoie ton esprit vers moi. Le plus fort possible. Pense à moi, visualise-moi. Et tu me trouveras. D'accord ?

Max hocha la tête.

— Et si je n'y arrive pas ? demanda-t-il d'une toute petite voix.

— On réessaiera une autre fois. Il n'y a aucune urgence. Mais je sais que tu peux le faire. J'ai confiance en toi. De toutes les personnes dotées d'une capacité que j'ai déjà rencontrées, c'est toi qui es le plus extraordinaire. Crois-moi, Max, tu peux y arriver.

---

[1] La CIA a longtemps possédé, à partir des années 70, un département secret qui étudiait le phénomène de *remote viewing*, ou vision à distance. Ce département fut transféré vers la DIA (Defense Intelligence Agency). En 1978, les Américains créèrent une unité spéciale basée sur le *remote viewing*. En 1991, la DIA appela ce programme Stargate, jusqu'en 1995, année où le projet s'arrêta.

En quête de réponses
(aujourd'hui)

Max se réveilla en sursaut et, pendant un bref instant, il ne comprit pas où il se trouvait. Puis sa mémoire se réinitialisa. Sa fuite hier soir, décidée depuis un moment, après la découverte qui avait tout bouleversé. Le refuge qu'il avait déniché par la pensée… Lentement, il se déplia et grimaça de douleur. Il avait dormi en chien de fusil, et des fourmis remontaient le long de ses jambes engourdies. Après quelques mouvements pour remettre en route sa circulation sanguine, il se rapprocha de la fenêtre et écarta légèrement le rideau poussiéreux et usé qui la masquait. Le jour s'était levé, et la rue vide qu'il avait arpentée se remplissait doucement de camions de livraison, de voitures matinales et de piétons encore endormis. Aucune activité suspecte ne semblait troubler ce début de journée. Pour l'instant, le Pater n'avait pas encore retrouvé sa trace, mais cela ne tarderait pas à se produire. Il avait les moyens de le retrouver sans même soulever un doigt.

C'est pour cela qu'il devait faire vite, le plus vite possible.

Avec espoir, il se rendit dans la salle de bains pour vérifier que l'eau n'avait pas été coupée. Ouf, elle coulait, d'abord un peu rouge de la rouille des tuyaux dans lesquels elle avait stagné, puis plus claire. Il put ainsi faire une toilette rapide et glacée, puis se rassit sur le canapé qui avait accueilli son sommeil pour faire le point.

Il n'avait que dix euros sur lui, ceux que lui donnait le Pater pour s'acheter un goûter après son cours de krav-maga. Avec ça, il pourrait se procurer du pain et du chocolat pour son petit-déjeuner. Son ventre gargouillait et se contractait de faim. Calmer ces grondements intempestifs était sa priorité. Ensuite, il devait trouver une connexion Internet et commencer son enquête.

Après… Il verrait. Le résultat de ses recherches dicterait la suite de son action. Quoi qu'il en soit, il devait à présent éviter de se faire remarquer, que ce soit physiquement ou mentalement.

Il descendit et se rendit à la boulangerie la plus proche, s'acheta de quoi se nourrir et en profita pour interroger la boulangère :

— Est-ce qu'il y a une bibliothèque ou une médiathèque dans le coin ? C'est pour un devoir en histoire.

— Bien sûr ! Elle est à côté de la mairie. Tu ne peux pas la louper, elle a été refaite récemment, un beau bâtiment tout en verre.

— Beau ? Je trouve qu'il défigure toute la place, moi ! C'est une verrue dans le paysage de notre ville ! s'exclama un vieux monsieur, qui faisait la queue derrière Maxime.

— Toujours en train de râler, monsieur Picard ! se moqua la boulangère en adressant un clin d'œil à Max.

Tu vois, mon garçon, tu la trouveras facilement, la médiathèque. Qu'on l'aime ou pas, elle se fait remarquer !

— Merci, madame !

La mairie se trouvait à une dizaine de minutes de marche de là, et Max se mit en route aussitôt. Il trouva la médiathèque rapidement. Toute en verre et en reflets, elle avait été conçue pour laisser filtrer la lumière. Hélas, elle était encore fermée à cette heure matinale.

Pour patienter, il s'assit sur un banc et serra les pans de sa veste autour de lui pour se protéger de l'air encore frais, puis il s'enfonça dans ses pensées. Ce qu'il avait découvert, la preuve qu'il lui restait à trouver, et sa vie qui ne serait, encore une fois, plus la même…

Nouvelle vie
(il y a trois ans)

La nuit était tombée, et les bruits habituels de l'hôpital résonnaient autour de lui : les pas des infirmières de garde, leurs voix rassurantes dans les chambres voisines, les appareils qui bipaient, les téléphones qui sonnaient. Le silence n'existait pas ici, mais Max s'y était habitué au fil des semaines.

Ce soir, pour une fois, il avait quelque chose à faire, une mission à remplir : localiser Rouelle. Il ne savait pas du tout comment s'y prendre, mais il avait décidé d'utiliser le même processus de concentration qu'il appliquait pour trouver le contenu de l'enveloppe kraft. Allongé dans la pénombre, il ferma les yeux, posa ses mains sur son ventre et ralentit sa respiration. Dans sa tête, l'image du Pater dansait : terne, grise, sérieuse, raide. Il suivait le point de cette silhouette immobile, comme un phare dans son esprit. Puis il se laissa guider par cette balise. D'une certaine façon, il se trouvait dans un tunnel rectiligne, sombre, et à la sortie, tout au bout, il y avait Rouelle qui l'attendait.

Il lui fallut du temps pour remonter ce corridor mental. Un courant invisible l'entraînait en arrière, le ralentissait et, plusieurs fois, il fut tenté d'abandonner. Mais il persévéra. Une espèce de rage le poussait en avant, l'aidait à braver le vent contraire. Une colère contre la vie, contre son destin, l'envie, non le besoin, de se prouver quelque chose, de trouver une raison au fait qu'il soit encore en vie, un but.

Et quand il arriva au bout du tunnel, il vit Rouelle et des bribes d'images qui tournaient autour de lui comme dans un kaléidoscope. Une table, une nappe blanche amidonnée, des couverts en argent, une assiette reflétant des éclats de lumière. Puis tout disparut, avalé par un trou noir dû à son épuisement, et Max se retrouva à nouveau dans son lit, haletant, couvert d'une sueur gluante, tremblant sous le coup de l'effort qu'il venait d'accomplir.

Le lendemain, quand Maxime trouva le Pater assis sur sa chaise, toujours aussi rigide et sérieux, il ne le salua pas. Il se contenta de lui lancer :

— Vous étiez au restaurant, hier soir. Un restaurant luxueux, avec de l'argenterie et de belles assiettes.

Pour toute réponse, Ruelle lui tendit un trousseau de clefs.

— Prépare tes affaires, il est temps d'emménager.

Trahison
(aujourd'hui)

Rouelle rageait. Son visage, habituellement calme, figé dans une sérénité apparente, était à présent contracté par une colère et une frustration énormes. Comment avait-il osé ? Il lui avait offert un toit, une famille, une éducation, une formation, un avenir ! Sans lui, Max ne serait qu'un gosse parmi tant d'autres, aussi inutile que ces millions d'adolescents qui grouillaient dans les rues, riant bêtement et fiers de leurs incapacités. Il ne s'était rendu compte que ce matin de la disparition de son protégé. Rentré tard d'une réunion durant laquelle il avait coupé son téléphone pour ne pas être dérangé, il n'avait pas pris la peine de consulter ses messages, se préparant directement pour la nuit après une journée éreintante. C'est pourquoi il pensait le garçon endormi dans son lit, comme tous les autres soirs depuis trois ans. Et puis ce matin, il ne l'avait pas vu se lever pour assister à son cours. Étonné, il avait toqué à la porte de sa chambre. Sans réponse, Rouelle s'était autorisé à l'ouvrir… pour découvrir la pièce vide, le lit parfaitement ordonné.

Maxime n'avait pas dormi ici, cela voulait dire qu'il avait plusieurs heures d'avance dans sa fuite.

D'un geste nerveux, l'homme attrapa son smartphone et appuya sur une icône.

— Passez-moi Liza. Je sais qu'elle est en cours, mais c'est une urgence. Débrouillez-vous pour la faire sortir du lycée. D'accord, j'attends.

Il raccrocha et soupira. Ses longs doigts soignés tambourinèrent un moment sur l'accoudoir du fauteuil en un rythme agaçant. Puis il se leva brutalement, fit le tour du salon qui lui apparut subitement trop petit, alors que c'était une large pièce lumineuse, tout en teintes claires. Ce matin, après la découverte de la disparition de Max, il n'était pas allé au Centre, espérant que, peut-être, l'adolescent reviendrait ici, mal à l'aise et des mots d'excuses florissant sur ses lèvres. Mais le temps passait, et Maxime ne revenait pas.

D'exaspération, il donna un coup sur la baie vitrée qui s'ouvrait sur un vaste jardin. Il aurait dû se méfier. La question du garçon, quelques semaines plus tôt, aurait dû lui mettre la puce à l'oreille. Mais, même s'il avait paru agité de retour de sa mission, son attitude était vite redevenue normale, et les doutes de Max semblaient apaisés. La vie avait suivi son cours… jusqu'à aujourd'hui.

Enfin la sonnerie du téléphone retentit, et il décrocha aussitôt.

— Liza ? Je sais, mais c'est une urgence, j'ai besoin de toi tout de suite. Arrête, je te ferai un mot d'excuse pour le lycée. Maintenant, tu rappliques ici. Une disparition. Non, tu ne le connais pas. Arrête de poser des questions et ramène-toi.

Une fois la communication terminée, il se rua dans son bureau et passa un autre appel.

— Michel, tu peux me faire parvenir le dossier complet de Maxime Vidal à la maison ? J'ai besoin de photos de lui pour Liza. Oui, c'est elle qui va s'en occuper. Elle est la meilleure après Max. Elle n'est pas capable de se projeter aussi loin que lui, et aussi longtemps, mais il a des moyens limités, il n'a pas pu s'éloigner de plus de quelques dizaines de kilomètres, et elle fera l'affaire. Très bien, je t'attends.

Dix minutes plus tard, on sonnait brièvement. Un homme petit, au crâne dégarni et portant d'immenses lunettes cerclées de noir, se tenait sur le paillasson, une large pochette gonflée de papiers sous le bras. Sans un mot, il la tendit à Rouelle, qui venait de lui ouvrir. Le chef ne prit même pas la peine de remercier son coursier. Il lui referma la porte au nez et retourna dans son bureau. Avec nervosité, il se plongea dans le dossier et trouva ce qui l'intéressait : la photo la plus récente de Max. Elle avait été prise l'été dernier, au cours d'une visite médicale de routine pour le Centre.

Il avait grandi depuis, Rouelle s'en rendit compte en parcourant rapidement les informations alors recueillies par le médecin, mais son visage n'avait pas trop changé. Ça ferait l'affaire.

Par précaution, il rangea la pochette dans un tiroir qu'il verrouilla. Habituellement, il ne gardait aucune information personnelle sur lui ou sur Max à la maison. Il aurait été trop facile pour l'adolescent de mettre la main dessus, ou même de réussir à « voir » son contenu sans même feuilleter le nombre impressionnant de pages s'il venait à connaître son existence. La présence de la chemise bombée chez lui le mit mal à l'aise. Dès que Liza aurait exécuté sa mission, il la rapporterait au Centre.

La sonnette retentit une seconde fois. C'était Liza. Âgée d'environ seize ans, elle portait un jean ultra moulant qui donnait à sa silhouette maigre une apparence encore plus chétive. Un T-shirt déchiré, un foulard bariolé et une veste trop large complétaient sa tenue. Elle avait de longs cheveux blonds parsemés de quelques mèches roses et un anneau planté dans une narine. Sans poser de questions, elle suivit Rouelle dans le salon en faisant éclater une bulle de chewing-gum.

— Heureusement qu'Adrien pouvait venir me chercher et m'accompagner chez vous, parce que je vous signale que vous n'habitez pas la porte à côté, dit-elle d'une voix pleine de reproches.

Rouelle l'ignora. Il savait qu'elle saurait se débrouiller pour le rejoindre. Adrien travaillait au Centre et possédait sa propre voiture, et visiblement les deux étaient assez complices pour qu'elle lui demande de lui rendre ce service.

Sur la table basse, la photo d'un garçon que Liza n'avait jamais vu l'attendait.

Elle savait déjà ce qu'elle avait à faire.

Formation
(il y a deux ans)

Rouelle vivait dans une belle et grande maison à l'écart d'une petite bourgade nichée au cœur de la campagne. La chambre de Max était déjà prête, une large pièce, un lit double, un bureau, une armoire, une bibliothèque. Mais ce qui avait surpris le plus le garçon était l'absence d'écran. Pas de télé, pas d'ordinateur.

— Je ne veux pas de ces machines chez moi, expliqua le Pater. Toutes ces inventions sont la cause de l'appauvrissement intellectuel de notre société, le savais-tu ? Elles entraînent des problèmes de concentration, elles font perdre l'habitude de faire travailler sa mémoire. Tu n'en as pas besoin. Tu dois rester concentré sur ta tâche, Max. Tu vas apprendre à maîtriser et à développer tes capacités au maximum. Des professeurs vont venir ici, tous les jours, pour te former et pour te donner des cours classiques, comme ceux que tu aurais au collège.

— Je ne vais pas aller en classe ?

— Non. Le seul cours qui se fera en dehors de la

maison, c'est celui de krav-maga.

— Krav-maga ? C'est quoi, ce truc ?

— C'est un art martial basé sur une méthode d'autodéfense très efficace développée pour les besoins des services secrets israéliens. Pour avoir un esprit sain, il faut avoir un corps sain, et cela te fera le plus grand bien.

Ce jour-là, heureux d'avoir quitté l'hôpital, de retrouver une belle chambre pour lui, un foyer, de s'éloigner de ce lieu maudit qui avait été le témoin de la fin de sa vie précédente, Max n'avait pas réalisé qu'il serait comme un prisonnier. Sans ouverture sur le monde extérieur, sans copains de classe, sans possibilité de sortir de chez lui, sauf dans le cadre prévu par le Pater… Il n'avait que treize ans alors, et il était un enfant perdu dans une existence qu'il ne connaissait pas encore.

Puis les journées s'étaient enchaînées, rapides, intenses.

Une succession de professeurs, de cours « normaux » comme du français, des maths, de l'histoire-géo… et puis d'autres, nouveaux.

Il apprenait le profil et la biographie de ces personnalités qui avaient émaillé l'histoire de leurs exploits psychiques. Son préféré était Joseph McMoneagle[1], qui utilisait la vision à distance en tant qu'espion. Il était une sorte de James Bond du mental. D'ailleur, son nom de code était « Voyant à distance 001 ». Max trouvait ça super classe. Il avait, selon l'homme lui-même, réussi grand nombre de missions secrètes et de repérages sans bouger de son bureau.

Et puis il y avait les leçons les plus rébarbatives : concentration, respiration, méditation, pendant des

---

[1] Joseph McMoneagle est né en Floride en 1946. Il portait le nom de code « Voyant à distance 001 ». Il a travaillé pendant des années pour les services secrets américains en utilisant sa capacité psi de vision à distance.

heures. Des séances interminables de yoga. Max devait apprendre à se centrer, à expulser toutes les pensées parasites de son esprit, à se focaliser sur un objectif. Ce n'était pas facile pour un garçon de son âge qui rêvait de bouger, de posséder une console de jeux comme il en avait une avant, de se faire des copains. Mais il restait isolé, et toute sa vie était rythmée selon les souhaits de Rouelle.

Toutes les semaines, il devait deviner une cible. Cette dernière pouvait être un objet, une photo, une personne. Pour cela, il devait apprendre à séparer les images créées par son imaginaire de celles envoyées par ses perceptions. Parfois, il échouait. Souvent, il réussissait, et ses professeurs lui assuraient, comme Rouelle avant eux, qu'il était l'un des plus doués qu'ils aient rencontrés. Un intuitif, comme on l'appelait…

Au bout d'un an de cours, d'entraînements, de tests, Max fut déclaré prêt.

Ce jour-là, Rouelle le convoqua dans son bureau. Dans cette pièce ouverte sur le jardin, pas d'ordinateur non plus. Juste une belle table en bois, des fauteuils, des étagères de livres ou de bibelots de collection (qui avaient souvent servi de cibles dans les entraînements de Max). Un masque africain grimaçant avait particulièrement marqué l'adolescent car, surgi au milieu de sa vision, il l'avait effrayé.

Max se retrouva seul avec le Pater, qui lui fit signe de s'asseoir en face de lui.

— Maxime, je suis très fier de toi. Tes résultats vont au-delà de mes espérances. Déjà à l'hôpital, je t'avais fait part de mon étonnement quant à tes qualités d'intuitif. Je n'ai jamais connu quelqu'un capable de maîtriser la vision à distance comme tu le fais. D'autres ne sont pas capables de se projeter à plus de quelques centaines de kilomètres, tu arrives à le faire sur toute la surface de la planète. Certains lieux où je t'ai « envoyé » étaient de l'autre côté de notre globe. C'est vraiment impressionnant. Peu sont assez puissants pour le faire. Ta capacité est d'une puissance inouïe, et tu n'en es qu'au début de sa maîtrise. Je n'ose imaginer ce que tu seras en mesure de réaliser dans quelque temps. Je n'ai jamais vu ça…

— Vous en connaissez beaucoup d'autres qui font des choses comme moi ?

— C'est là où je voulais en venir, justement. Oui, j'en connais de nombreux autres. En réalité, je dirige une organisation destinée à amplifier et utiliser au mieux les capacités d'adolescents comme toi. Il existe un Centre, dans lequel je vais t'emmener très bientôt pour te faire subir une série d'examens médicaux, où nous suivons plus d'une centaine de personnes telles que toi, susceptibles de développer des qualités cognitives : la vision à distance, la télépathie, la télékinésie, etc.

— Ça existe vraiment, tout ça ?

Rouelle avait eu un sourire presque affectueux.

— Tu existes bien, toi, n'est-ce pas ?

Max avait hoché la tête, sans rien dire de plus. Après tout, c'est ce qu'il avait appris au fil de ses leçons, même s'il avait encore, parfois, du mal à y croire vraiment. Tout cela ressemblait tellement à un scénario de film avec des agents secrets dotés de pouvoirs spéciaux, comme il avait pu en voir dans son ancienne vie… Mais il n'avait plus le droit à ce genre d'évasion, maintenant. Une fois par mois, un de ses professeurs avait l'autorisation de l'emmener au cinéma. Mais c'était surtout pour y voir des films historiques, ou alors des histoires ennuyeuses où aucun super-héros ne réalisait de supers exploits !

— Pendant tes cours, tu as appris l'existence d'une branche de la CIA dédiée à ce genre d'activités, tu te souviens ?

— Oui, bien sûr, c'est ma partie préférée !

— Eh bien, le Centre dont je te parle, c'est un peu l'équivalent de celui que les Américains avaient créé, mais il se trouve ici, en France.

— Vous voulez dire que vous êtes des espions ? Ouah, mais c'est génial !

Un autre sourire de Rouelle. Décidément, il devait vraiment être de super bonne humeur !

— C'est un peu ça, Max, et aujourd'hui tu vas partir pour ta première mission…

Connexion
(aujourd'hui)

Dès que la médiathèque ouvrit ses portes, Max se précipita dans le bâtiment. Il n'osa pas demander où se trouvaient les ordinateurs pour rester le plus discret possible, invisible aux yeux des gens qu'il croisait. Sa piste devait être imperceptible pour les yeux et les oreilles du Pater, ainsi que pour les sens extraordinaires de ceux qui travaillaient au Centre pour lui. Les autres intuitifs.

Il se doutait que sa cavale ne durerait pas longtemps, mais pour l'instant il voulait des réponses, et il les voulait vite.

Après avoir tourné quelques minutes dans le bâtiment ultramoderne, il dénicha une série de PC s'alignant contre un mur du premier étage, près des rayonnages consacrés à la presse. Accrochée juste au-dessus des écrans, sur le mur, une petite pancarte annonçait : *Veuillez demander un ticket de connexion au bureau de prêt.*

Cela n'arrangeait pas les affaires de l'adolescent. Lui, qui tentait d'entrer en contact avec le moins de monde possible, il allait devoir à nouveau interagir avec quelqu'un, qui le verrait, se souviendrait certainement de lui et pourrait répondre à des questions si on venait à en poser pour le retrouver. Mais il n'avait pas le choix, donc Max redescendit les escaliers et trouva rapidement l'immense accueil où l'on venait emprunter et rendre livres, CD, DVD, et journaux.

— Bonjour, demanda-t-il à la dame déjà assise à son poste, je voudrais me connecter à Internet.

Elle le dévisagea par-dessus les verres de ses lunettes d'un air soupçonneux.

— Tu n'es pas en cours ?

Rapidement, Max se remémora ses années collège, avant l'accident. Il était alors en cinquième et allait en classe, comme tous les garçons de son âge. La réponse lui arriva très vite, et il tenta de prendre l'air le plus naturel et assuré possible :

— Je ne commence qu'à 13 h 30 et j'ai un exposé à rendre en histoire, cet après-midi, c'est assez urgent.

— Encore un qui s'y prend à la dernière minute. Tu es inscrit à la médiathèque ?

— Non.

— Dans ce cas, c'est payant, mon garçon.

— C'est combien ?

— Cinquante centimes les trente minutes.

Bon, ça restait encore un tarif correct pour Max, même si son petit pécule s'amenuisait à vue d'œil. Il tendit une pièce d'un euro à la dame, qui la fit disparaître dans un tiroir. En échange, elle tapota quelque chose sur son clavier. Une feuille sortit de l'imprimante à côté d'elle, qu'elle attrapa et lui tendit. Dessus figuraient un numéro d'identifiant et un mot de passe.

— Tiens, au bout d'une heure, ça s'arrête automatiquement, tu auras un message d'alerte.

— Merci, madame !

C'est en courant qu'il remonta vers les ordinateurs. Il prit le premier de la rangée et s'empressa d'entrer les codes. Aussitôt, il se retrouva sur la page d'accueil d'un moteur de recherche. Il n'avait pas surfé sur le réseau depuis des années. Depuis l'accident, en fait. Chez lui, chez ses parents, il avait son propre ordinateur, connecté au réseau Wi-Fi domestique. Il s'amusait à communiquer avec ses copains sur Facebook, il regardait des vidéos amusantes sur YouTube, il menait la même vie que la plupart des adolescents. Mais, depuis qu'il vivait chez le Pater, il n'avait touché ni à un ordinateur ni à un téléphone. Max était coupé du monde entier. Parfois, Rouelle le tenait au courant des grands événements qui agitaient la planète (des guerres, des attentats, des coups d'État), mais c'était tout. Depuis trois ans, Maxime avait disparu de la surface du Web, de la surface de la Terre, même.

Il inspira longuement, fit craquer ses doigts avant de les poser sur le clavier. Dans la barre de recherches, il tapa doucement, comme si le résultat allait faire exploser la médiathèque : *Facebook*. Après tout, puisque toute sa famille était décédée, personne n'avait dû s'occuper de faire fermer son compte. Depuis trois ans, il était inactif… Qu'allait-il trouver sur son mur ?

Première mission

(il y a deux ans)

— Une mission ? Comme un vrai agent secret ?

Max sautait presque sur sa chaise. Enfin il se passait quelque chose d'intéressant dans sa vie ! Autre chose que les leçons, que les murs de sa maison, que ses profs.

Il vivait ici depuis un an, maintenant il avait presque quinze ans, et il avait demandé plusieurs fois à Rouelle s'il pouvait s'inscrire à un cours de peinture, ou de tennis, juste histoire de rencontrer des jeunes de son âge. Mais le Pater avait refusé de façon catégorique. Max aurait à se contenter de ses cours traditionnels (les mêmes qu'au collège), agrémentés de séances de yoga, de méditation, le tout, toujours enfermé chez lui. C'étaient les profs, soigneusement choisis par Rouelle et tous employés par le Centre, qui venaient à domicile pour accompagner le garçon dans son apprentissage. Heureusement, pour se défouler, il avait ses séances de krav-maga. Parfois, il avait un tel trop-plein d'énergie qu'il manquait de blesser ses adversaires (tous adultes) dans les simulations de combats.

— Cela pourrait nuire à ta concentration et à ta réussite. Je veux que tu sois focalisé sur un seul objectif, Max. Un seul.

— Mais je m'ennuie, tout seul, je ne parle à personne, et, sans vous manquer de respect, vous êtes un peu vieux pour moi, vous, et tous les profs.

Rouelle avait ébauché un sourire en coin.

— Je comprends parfaitement, Max, et je te promets qu'un jour tu pourras sortir d'ici et te faire des amis, mais pas tout de suite. Fais-moi confiance, je sais ce qui est le mieux pour toi.

Alors la vie avait repris son cours monotone et solitaire. Le soir, Max lisait beaucoup, Rouelle lui rapportait des valises entières de romans pour l'occuper. Il dessinait, aussi. Pour son plaisir, il avait commencé une bande dessinée qui racontait les aventures d'un super espion psi qui, en plus de voir à distance, pouvait également passer physiquement à travers les murs. Ces occupations meublaient ses mornes soirées, conclusions de longues journées de cours. Parfois, Max se sentait comme en prison. Une prison dorée, certes, une belle maison, le confort absolu, il ne manquait de rien, sauf de compagnie, d'affection, de jeux et de rires.

Mais aujourd'hui l'idée de remplir une mission, une vraie, pas un entraînement, d'utiliser tous les talents qu'il avait développés et perfectionnés pendant une longue année, balayait toutes ses questions et lui faisait presque oublier l'enchaînement de ses journées tristes et identiques les unes aux autres.

— C'est exactement ça, Maxime, comme un agent secret. Je vais t'envoyer dans un lieu qui est complètement interdit, sauf pour quelques privilégiés autorisés dont je ne fais pas partie. C'est un lieu tenu secret que peu de monde connaît, une organisation clandestine, et j'ai besoin que tu ailles la visiter.

Les yeux de Max brillaient d'excitation, mais il fronça quand même les sourcils.

— Et est-ce qu'on a le droit de faire ça ? Pénétrer un lieu protégé, même par la pensée, ça reste illégal, non ?

Rouelle acquiesça et joignit les extrémités de ses doigts devant sa bouche. Il eut l'air pensif pendant quelques instants, comme s'il ne s'était pas attendu à la question de sa recrue. Puis il répondit d'une voix calme :

— Tu as raison de t'interroger, et ta conscience me fait plaisir, mais je te rassure tout de suite : ce sont eux qui sont dans l'illégalité. Et c'est pour cela que nous avons la mission de découvrir quels sont exactement leurs agissements. On prétend qu'ils peuvent devenir dangereux, et il vaudrait mieux le savoir avant qu'un drame ne se produise. Je peux t'assurer que même si nos méthodes peuvent paraître déconcertantes, et elles le sont, je ne vais pas te dire le contraire, nous ne faisons les choses que dans le bien de l'humanité, pour éviter des guerres, des catastrophes, des conflits. Nos actions ont sauvé plus de vies ces dernières années que tu pourrais l'imaginer. Est-ce que cela te rassure ?

Max réfléchit quelques instants. Il repensa aux missions des espions qui avaient travaillé pour la CIA. Eux aussi avaient fait la même chose : pénétrer grâce à leur esprit si spécial des lieux habituellement interdits. Il ne faisait que suivre leurs traces. Maintenant qu'il était un espion, ce genre de situation risquerait de se reproduire.

Le Pater était le chef de cette organisation et lui, Max, était un des éléments. Comme tout bon soldat, il devait obéir, surtout si c'était pour empêcher des « méchants » de mener à bien de funestes projets.

Alors, il eut un signe de tête décidé et se carra un peu plus dans son siège.

— Oui. Je vous fais confiance.

— Cela me fait plaisir à entendre.

Du bout des doigts, il fit glisser une photo en noir et blanc un peu floue devant Max.

— C'est tout ce que nous avons comme indice pour t'aider à atteindre ta cible. Prends ton temps, concentre-toi. Si tu as besoin de plusieurs essais, n'hésite pas à me le dire.

Max hocha la tête.

— Il me faut un crayon et du papier.

— Bien sûr, répondit le Pater.

Il fournit à Max ce qu'il avait demandé. Le garçon se suréleva sur son siège, en s'aidant des accoudoirs, et plia les jambes de manière à s'asseoir en tailleur sur la large assise de cuir. Puis il saisit le critérium et orienta la feuille en biais face à lui.

— Je suis prêt.

Rouelle lui fit un signe de tête encourageant.

Max fixa la photo floue, s'appropria les contours du bâtiment. Un immeuble moderne, avec de grandes baies vitrées. Un parking devant, un portail protégé par une barrière et une guérite pour les hommes de la sécurité. Il ferma les yeux, se concentra, régla sa respiration. Il était dans un tunnel sombre, et au bout de ce dernier se trouvait le lieu où il devait se rendre. L'édifice et tout ce qu'il avait repéré sur le cliché de mauvaise qualité.

Le tunnel était très long, un vent violent y soufflait, comme pour l'empêcher d'atteindre son but. Il ne se laissa pas démonter. Sa formation lui avait appris cela : plus la cible était difficile à atteindre, plus ces difficultés seraient transformées par son esprit en obstacles symboliques. L'essentiel était de ne pas se laisser submerger par ces sensations qui pouvaient devenir effrayantes. Une fois, le tunnel imaginaire de Max s'était trouvé inondé d'une eau glacée, et le garçon avait interrompu la connexion en haletant, comme quelqu'un sur le point de se noyer.

Depuis, il avait appris à faire apparaître divers objets ou lieux susceptibles de l'aider dans son cheminement. Après tout, tout se passait dans sa tête, et c'était lui le chef de ses pensées ! Une fois qu'on en était convaincu, le reste devenait plus facile. Alors il brava le vent, les ténèbres, le sol glissant et il parvint au bout du souterrain mental pour déboucher devant l'immeuble…

Quand Max rouvrit les yeux, il se sentait épuisé, fiévreux, mais sur le papier, devant lui, il avait griffonné au cours de sa transe ce qu'il avait aperçu, des mots devinés sur des écrans, des paroles entendues, parfois confuses, parfois nettes.

À droite, il avait noté ce qu'il lui semblait, le plus probablement, comme étant des renseignements importants ; à gauche, ce qui pouvait être issu de son imagination… Il ferait d'autres visites là-bas, et le Pater recouperait les informations entre elles pour obtenir une liste concrète de ce qui se déroulait derrière ces murs secrets…

Mais, pour l'heure, Max avait atteint son but, sa première mission était un succès.

— Bravo, agent voyant à distance 007, le félicita Rouelle avec un clin d'œil.

En cet instant, plus rien ne comptait : les mois de formation, la solitude, la vie étrange que le Pater avait construite autour de Max. Seule importait la fierté éclatante sur le visage du garçon…

Liza
(aujourd'hui)

Liza laissa tomber son lourd sac de cours contre le canapé sur lequel elle s'était affalée, saisit la photo de Max et la colla presque contre son nez. C'était un portrait de bonne taille, un gros plan. On voyait bien les yeux bleu pâle pailletés de jaune, les taches de rousseur en pagaille sur le nez et les pommettes du jeune garçon, son nez légèrement retroussé, ses cheveux bruns décoiffés.

— Il a quel âge ? demanda-t-elle en claquant une autre bulle de chewing-gum.

— Comme toi, seize ans.

— Ah. C'est votre fils ? Je ne savais pas que vous aviez des enfants.

— Ce n'est pas mon fils. C'est… mon protégé. Arrête de poser des questions et cherche-le.

— J'aime bien poser des questions sur le sujet que je dois retrouver. Ça ira plus vite, comme ça.

Rouelle leva les yeux au ciel et soupira. Il détestait les ados. Pourtant, il travaillait au quotidien avec eux, mais il les trouvait trop… brouillons. Des brouillons d'adultes. Dans quelques années, Liza serait supportable à ses yeux, mais pour l'instant elle était trop instable, trop désordonnée, trop hasardeuse. Et Rouelle détestait le hasard. Chez lui, rien n'était laissé aux soins de la bonne fortune. Tout était calculé, prévu, planifié. Sauf le départ de Max.

Et donc la présence, en pleine journée, de cette lycéenne qui mâchait bruyamment son chewing-gum, échouée sur son canapé.

— Bien, comme tu voudras, murmura-t-il.

Liza retourna la photo et reconnut immédiatement le logo encré au dos du cliché.

— Mais ça vient du Centre, ça ? Il est élève au Centre ? Pourquoi je l'ai jamais vu là-bas ? Il vient pas aux sessions avec nous ?

Nouveau soupir de Rouelle qui fut tenté, un bref moment, de lui arracher le document des mains et la mettre dehors. Mais il inspira longuement pour se calmer, parce qu'il savait que Liza était la plus apte à retrouver le garçon, et se contenta de répondre du bout des lèvres :

— Non, il ne vient pas au Centre. C'est un cas particulier. Tu peux te mettre au travail, maintenant ?

— Je me demande quel genre de cas particulier.

Un coup d'œil jeté à l'homme vêtu de gris, aux cheveux gris, à la moustache grise, mais aux yeux noirs, dérangeants, trop hermétiques, la décida à tarir la cascade de questions qu'elle voulait poser.

— OK, je vais le chercher. C'est quoi, son nom ?

— Maxime. Maxime Vidal.

Cette fois, Liza se contenta de hocher la tête, s'enfonça un peu plus dans le profond canapé, ôta le chewing-gum de sa bouche, le roula en boule avant de le poser sur la table basse, ce qui fit frémir d'horreur Rouelle, fixa quelques instants la photo de l'adolescent avec intensité, puis ferma les yeux.

Rouelle s'installa dans le fauteuil en face d'elle, toujours aussi droit et rigide, et l'observa, alors que le silence complet envahissait la pièce, comblant ses moindres interstices.

Derrière les paupières de la jeune fille, on pouvait voir ses globes oculaires bouger à toute allure, puis, au fur et à mesure que sa respiration se faisait plus lente, le mouvement ralentit, pour cesser.

Le regard de Liza avait dépassé les limites de son corps, de la maison, de la ville même, pour fouiller le monde à la recherche de Max…

Cinquième visite
(il y a deux ans)

À chaque fois que Max retournait dans ce bâtiment qu'il devait explorer, les choses devenaient plus faciles. Il avait même été capable de dessiner la façade du bâtiment, perdu en pleine nature. Et une fois encore, il était de retour là-bas, où exactement ? Il n'en avait aucune idée, mais ce n'était pas l'important. Ce qui comptait, c'était ce qui se passait entre les murs de la structure de plain-pied qui se dressait devant lui contre un ciel sombre. Souvent, quand il plongeait ainsi dans des visions, le monde lui apparaissait en négatif. Tout ce qui était noir devenait blanc et tout ce qui était blanc devenait noir. Quand il y avait des couleurs, cela signifiait que son cerveau connaissait suffisamment son environnement pour compenser. Par exemple, s'il voyait une cerise posée sur de la crème chantilly, il savait qu'elle était rouge, et il finissait par la voir ainsi.

Là, si le ciel était sombre, cela voulait dire qu'il était blanc, certainement bouché par des nuages. Des arbres aux branches nues dessinaient des entrelacs pâles. Des voitures étaient garées sur un vaste parking, devant l'entrée principale. Maxime s'avança devant la porte. Bien sûr, il n'eut pas besoin de la pousser pour entrer dans le grand hall. Tout se faisait par la pensée, donc il n'avait qu'à décider de se retrouver de l'autre côté et, un instant plus tard, il y était. C'était comme se téléporter d'un endroit à un autre, et c'est ainsi qu'il se rendit, en un battement de paupières, dans un grand espace où se trouvaient de nombreux ordinateurs alignés sur des tables. Reliés les uns aux autres, ils traitaient des informations en continu que des hommes et des femmes récupéraient et analysaient.

Max devait relever tout ce qui pouvait être utile au Pater. Comme il n'avait aucune idée précise de ce qui se passait réellement ici, il notait tout ce qu'il pouvait. Des chiffres qui s'alignaient en suites sans fin, aussi bien sur les écrans que sur des feuilles imprimées. Il se concentrait surtout sur ceux que les gens qui travaillaient là entouraient au stylo, comme pour souligner leur importance. C'était sa cinquième visite ici, et il avait établi un plan mental des lieux. Il savait précisément où se trouvaient les bureaux, les toilettes, la cantine… De même, il commençait à reconnaître les visages des employés. Il y avait cette femme qui portait des lunettes à la monture énorme. Un homme immense et très maigre, un autre, au contraire, petit et gros. Cela l'amusait de se dire que lui pouvait les voir, et même les entendre quand il se concentrait, et que eux n'avaient aucune idée qu'ils étaient espionnés.

Max passa un bon moment à relever les chiffres et quelques mots qu'il captait. Il découvrit aussi un e-mail ouvert sur l'un des PC. Il le lut attentivement. Il savait que dans la maison du Pater, là où se trouvait son corps, sa main était en train d'écrire toutes ces informations sur une feuille sans même qu'il n'en ait conscience. C'était automatique. Après cela, les images de la grande pièce se brouillèrent, comme si des larmes emplissaient ses yeux et l'empêchaient de voir clairement. La connexion s'estompait. Pour arriver à un tel prodige, il devait utiliser une quantité d'énergie phénoménale et se fatiguait vite. Sa concentration finissait par vaciller, sa capacité baissait, et finalement son esprit rejoignait son corps, repassant par le tunnel qu'il empruntait à l'aller, mais à une vitesse fulgurante, comme s'il était aspiré par lui-même pour retrouver son intégrité.

Alors, il ouvrit les yeux sur le bureau du Pater. Ce dernier était occupé à lire un document glissé dans une pochette claire. Quand il vit que Max avait rouvert les yeux, Rouelle s'empressa de ranger les papiers dans un tiroir qu'il ferma à clef et sourit à son protégé.

— Alors, que me ramènes-tu aujourd'hui ?

Sans un mot, Max tendit la feuille sur laquelle s'étalaient les notes qu'il avait prises pendant sa vision à distance.

Rouelle se pencha dessus en lissant distraitement sa moustache. Pendant ce temps, son espion attrapa la barre chocolatée qui l'attendait, posée sur un coin du bureau. Max revenait tout le temps affamé de ces plongées dans un autre lieu qui se trouvait certainement à une distance considérable de lui. Ce que le Pater faisait des informations qu'il rapportait ne l'intéressait pas, parce qu'il ne comprenait pas leur sens.

— Tu peux aller te reposer, Max, finit par lui dire Rouelle avec un sourire satisfait. Tu as récupéré des données très importantes.

— Vous comprenez vraiment tout ce charabia ?

— Oui, une bonne partie, en tout cas. Le reste va être analysé par des spécialistes. Merci beaucoup.

— De rien.

Sans s'éterniser, Max retourna dans sa chambre et s'allongea sur son lit. Il attrapa le roman qu'il lisait, mais il était trop fatigué pour saisir le sens des mots qui s'alignaient sur la page. Alors il le reposa, ferma les yeux et s'endormit aussitôt.

Facebook
(aujourd'hui)

Max se souvenait parfaitement de ses identifiants. Et comme il l'avait prévu, ces derniers marchaient toujours. Cela lui faisait bizarre de se connecter sur son compte après tout ce temps. C'était comme revenir à la vie aux yeux des autres. Que s'était-il passé pendant ces trois dernières années, pendant ces longs mois durant lesquels il avait été coupé de tout et de tous ?

La première chose qui le marqua, ce fut le changement dans l'interface de l'application. Combien de mises à jour avait-il manquées ? Mais l'essentiel était là, les quelques amis qui l'avaient gardé en contact malgré son silence donnaient de leurs nouvelles. Ses copains de classe qui parlaient de leurs journées au lycée, des derniers films qu'ils avaient vus, des séries qui passaient sur Netflix. Max n'avait aucune idée de ce qu'était Netflix. Certainement une nouveauté à côté de laquelle il était passé. Une parmi des centaines, à n'en pas douter.

JE PEUX TE VOIR

Le garçon sentait son cœur battre à tout rompre. Les visages des gens qu'il voyait tous les jours autrefois avaient à la fois changé, et étaient restés les mêmes. C'était comme faire un saut dans le temps. La dernière fois qu'il les avait vus, ils avaient treize ans et à présent ils en avaient seize.

Pendant quelques secondes, il s'autorisa à fermer les yeux afin de se retrouver lui-même. Il fallait prendre du recul, ne pas penser à tout ce qu'il avait manqué, toute la vie qui avait continué à tourner sans lui. Enfin, conscient que le temps lui était compté, Max se rendit sur son profil. C'est alors qu'ils lui sautèrent aux yeux et accélèrent encore plus son rythme cardiaque. Les messages, des dizaines et des dizaines, déposés sur son mur par les amis, trois ans plus tôt.

Des hommages. Des regrets. Des larmes.

Treize ans, c'est bien trop tôt pour mourir. Je n'arrive pas à croire que tu n'es plus là.

Toutes mes condoléances à ta famille. Les journées au collège ne seront plus les mêmes sans toi.

Saleté de vie qui nous prive de mon meilleur pote. Qu'est-ce que je vais devenir sans toi, Max ? RIP.

Comment c'est possible ? On se parlait encore hier, et aujourd'hui j'apprends que tu n'es plus là. C'est impossible. J'aimerais tellement que ça soit une blague.

Il fallut un moment à Maxime pour réaliser, pour comprendre, qu'aux yeux des autres, il était mort. Aux yeux des autres, trois ans plus tôt, il avait péri dans l'accident de voiture qui avait tué sa famille. C'était impossible ! Pourquoi ? Qui avait raconté cela ?

Il réalisa que personne n'était jamais venu le voir à l'hôpital. Il n'y avait que le Pater qui était là, à son chevet, jour après jour. Sur le coup, il n'y avait pas pensé, pétri de la douleur d'avoir perdu sa famille. Seuls comptaient ses parents et sa sœur. Puisqu'ils n'étaient plus là, qu'ils ne viendraient pas lui rendre visite, le reste n'avait aucune importance. Puis, alors qu'il acceptait doucement la douloureuse réalité, il s'était laissé prendre au jeu que lui avait proposé Rouelle : les challenges quasi quotidiens, les objets et les lieux à deviner. Cela lui avait changé les idées, certes, mais avait détourné ses questions, aussi.

Jusqu'à aujourd'hui…

Pourquoi ce mensonge ? Pourquoi avait-on prétendu auprès de ses amis qu'il était décédé ? Pourquoi provoquer de la peine parmi les gens qui l'aimaient ? Des émotions diverses, virevoltaient en lui, des questions en pagaille tourbillonnaient dans son esprit. C'était la tempête dans son cœur, dans sa tête. Il se sentait démuni, dépouillé d'une part de sa propre réalité.

Des larmes coulaient sur ses joues sans même qu'il s'en rende compte.

C'est un bruit, derrière lui, quelqu'un qui tirait une chaise pour s'installer à une table, qui le ramena à la réalité. D'un geste brusque, il essuya son visage du revers de sa manche et secoua la tête comme pour chasser ce qui s'entrechoquait en lui. Il inspira une grande goulée d'air. Il devait rester concentré. S'il se relâchait, le Pater lui mettrait la main dessus bien trop facilement et beaucoup trop tôt. Il ne fallait pas se faire prendre maintenant. Il y avait trop de questions auxquelles il devait trouver des réponses.

Trois ans plus tôt, Max avait refusé d'accepter parmi ses « amis » Facebook les membres de sa famille. Son profil, c'était son jardin secret à lui. Il ne voulait pas que ses parents puissent lire ses statuts, ses délires avec ses copains. Son père l'avait aidé à paramétrer son compte pour qu'il soit sécurisé au maximum, et ça s'était arrêté là.

Pourtant, mû par le même instinct qui l'avait poussé à s'enfuir de sa prison dorée, Maxime tapa le nom de sa sœur dans la barre de recherches. *Morgane Vidal.*

Elle avait onze ans à l'époque de l'accident. Maintenant, elle en aurait eu quatorze. Une ado. Il n'y croyait pas trop, en tapant son nom. Depuis le temps qu'il avait accepté le fait qu'elle était morte dans l'accident… Mais on avait prétendu qu'il était lui-même décédé, alors quels autres secrets tournaient autour du drame ?

Plusieurs profils apparurent. Des photos de jeunes filles souriantes. La troisième attira son attention. C'était elle. Il ne pouvait pas en douter. Elle avait changé, son visage s'était affiné, elle portait des bagues aux dents, et ses cheveux étaient plus longs, mais il savait que c'était sa sœur. À nouveau son cœur s'emballa. Il cliqua sur le lien. La photo lui apparut en plus grand. Morgane Vidal. Sa date de naissance était la même. Elle posait au bord de la mer, le soleil se couchait derrière elle. Elle avait été prise deux mois plus tôt.

Morgane était vivante.

Un vertige saisit Max, à tel point qu'il manqua de tomber de sa chaise. Un goût de bile envahit sa bouche.

Les commentaires sous le portrait de Morgane étaient laissés par des amis qui la trouvaient *trop belle, super canon.* Et il y en avait de Sophie Vidal : *Ma superbe fille, tu fais de l'ombre au coucher de soleil.*

Sa mère. La maman de Max. Elle avait commenté deux mois plus tôt. Elle était aussi vivante.

Cette fois, Maxime ne put en supporter plus. Il quitta Facebook. C'est alors qu'il sentit la présence. Il avait baissé la garde et, maintenant, il était vraiment en danger. Il tourna la tête vers elle. Oui, on l'avait retrouvé. Il ne pouvait pas se laisser aller au tourbillon d'émotions qui menaçait de le faire trébucher. Maintenant, plus que ce matin encore, il était essentiel qu'il aille au bout. Il se tourna vers l'écran, fit quelques manipulations, l'éteignit, peu lui importait de perdre du temps de connexion déjà payé. Il devait s'échapper.

En attrapant son sac à dos, il se leva, se tourna une dernière fois vers la fille qui écarquillait les yeux, surprise de découvrir qu'il pouvait la voir. Il secoua la tête, comme un avertissement, ou un signe de connivence. Puis, presque en courant, il quitta la médiathèque, abandonnant derrière lui le fantôme de l'espionne envoyée, à n'en pas douter, par Rouelle.

Sixième visite

(il y a deux ans)

Max était de retour dans l'immeuble, dans le grand bureau avec tous les ordinateurs. Il retrouvait ses repères de plus en plus vite et gagnait en efficacité. Quand il remettait les notes de ce qu'il voyait au Pater, ce dernier les étudiait avec soin et revenait, quelque temps plus tard, donner de nouvelles instructions à son protégé.

— Je pense que l'ordinateur qui est utilisé par l'homme aux lunettes, celui avec de l'embonpoint, est celui dans lequel nous trouverons le plus d'informations qui ont un lien avec ce que je cherche.

Max ne posait jamais de questions. Ce que cherchait Rouelle, il n'en avait aucune idée. Les mots, les chiffres qu'il retranscrivait n'avaient aucun sens pour lui. Et ça lui était égal de ne pas en trouver. Il se contentait d'accomplir sa tâche.

Sans hésiter, il se rendit au bureau de l'homme aux lunettes, avec son gros ventre qui tendait le tissu de sa chemise à carreaux et menaçait de faire sauter les boutons qui paraissaient trop fins.

Ce dernier parlait un peu plus loin avec un collègue en sirotant un mug de café. Max en profita pour se poster devant son ordinateur dont l'écran allumé étalait sans crainte des fichiers ouverts. Parmi eux se trouvait celui dont le Pater lui avait parlé.

— C'est dans celui-là que se trouvent les informations cruciales dont j'ai besoin, lui avait-il dit en lui donnant un nom de dossier précis.

Sans hésiter, Max se pencha vers le texte écrit en anglais, des lignes et des lignes de mots dont le sens lui échappait. Il n'était pas mauvais en anglais, cependant son but n'était pas de comprendre ce qu'il lisait, mais de retranscrire ces paragraphes à la lettre près. Son corps à lui, resté dans la maison qu'il partageait avec Rouelle, s'agitait alors que ses doigts, serrés autour d'un crayon, notaient tout ce qu'il voyait. Ce fut alors qu'il sentit une présence. Un regard posé sur lui. C'était impossible ! Il n'était pas vraiment là, on ne pouvait pas le voir…

Ses petits cheveux, sur sa nuque, se hérissèrent et, lentement, il tourna la tête. Dans un angle de la grande pièce, il y avait un homme. Qui le fixait. Max ne l'avait jamais vu dans ces locaux et, instinctivement, il comprit que ce n'était pas un employé qui travaillait dans cette société, mais une ombre comme lui, un homme dont l'esprit avait été envoyé ici, mais dont le corps – tout comme le sien – n'était pas présent. Un autre espion psi. Il était beaucoup plus âgé que Max, au moins la cinquantaine, et ses yeux, très pâles, semblaient sur le point de sortir de leurs orbites

En un clignement de paupière, il se rapprocha du garçon. Rapidement, Max recula, passa à travers le fauteuil de l'homme au gros ventre et un autre bureau derrière lui.

Puis il comprit alors que l'homme ne le regardait pas, lui, mais l'ordinateur qu'il venait de consulter. Lui aussi s'intéressait aux données exposées sur l'écran.

Il perçut une voix un peu sourde, comme venant de très loin, se demander dans une langue qu'il ne connaissait pas :

— *Chto ty skryvayesh' ?*

Enfin, c'est ce qu'il crut entendre.

Max recula encore, comme s'il avait peur que l'autre le remarque, mais l'espion n'était pas conscient de sa présence, il était concentré sur l'ordinateur.

— *Akh otchin' khorosho*, murmura l'autre pour lui-même

Max était terrifié. Il ne comprenait pas ce qui lui arrivait. Comment pouvait-il voir un autre espion psi ? Jamais on ne lui avait parlé de cette possibilité. Il voulait réintégrer son corps, retourner à l'abri du bureau du Pater, où il se trouvait vraiment, mais c'était comme s'il avait soudainement oublié comment faire pour rentrer.

Sans quitter des yeux la silhouette de l'étranger, Max recula encore. Il était tellement stupéfait qu'il n'arrivait plus à trouver le chemin pour rentrer en lui-même, retourner auprès du Pater. Tant pis, il n'avait qu'une issue de secours : il courut vers la grande baie vitrée qui offrait ses transparences grisâtres sur l'extérieur et traversa la glace comme un fantôme. Il fut perché dans le vide quelques instants, se sentit tomber, sursauta sur son fauteuil et, enfin, ouvrit les yeux sur le bureau strict, triste, de Rouelle.

JE PEUX TE VOIR

Il sentait son cœur battre à toute allure dans sa poitrine, sa respiration était rapide, comme s'il avait vraiment couru.

— Que se passe-t-il, mon garçon ? l'interrogea le Pater, assis droit sur son fauteuil comme toujours, conscient que l'état de Max n'était pas normal.

D'abord, Max prit le temps de retrouver un souffle un peu plus régulier. Il tremblait et sentait une humidité poisseuse coller des mèches de ses épais cheveux bruns contre son front et ses tempes.

D'une voix hachée, le garçon répondit, tout en se demandant si le Pater allait le croire :

— Il y avait… il y avait quelqu'un… un homme… un autre espion psi ! Et je pouvais le voir. Il parlait dans une langue que je ne connais pas, se murmurait des trucs à lui-même.

Une lueur passa dans le regard trop noir de Rouelle, et Max jura que c'était de la peur.

— Tu sais dans quelle langue il a parlé ?

Max secoua la tête.

— Non, mais ça ressemblait à ça : « *chto ty scrivach* », un truc comme ça.

— Du russe, marmonna Rouelle.

Il se leva, fit quelques pas vers la porte-fenêtre de son bureau qui donnait sur le jardin. Dehors, il faisait nuit, et son reflet s'imprima sur la vitre. Un visage tiré par l'inquiétude.

Lentement, il finit par dire à Max :

— Cela veut dire que nous sommes sur la bonne piste, que là où tu t'es rendu plusieurs fois, il y a quelque chose d'important. Mais c'est fini. Je ne t'enverrai plus là-bas.

Ça devient trop dangereux. J'ai jeté un œil sur ce que tu as noté, pendant que tu l'écrivais, et je pense que nous avons ce qu'il faut pour la suite. Il est hors de question de te mettre en danger, et de mettre en danger notre organisation. Nous sommes les seuls à faire appel à des jeunes, des enfants, pour nos missions. Si nous nous faisons trop repérer, ils vont remonter jusqu'à nous.

Rouelle se retourna brutalement, revint vers son bureau et se pencha vers Max, le regard plein d'une angoisse enfiévrée :

— Rassure-moi, lui ne t'a pas vu ?

— Mais non ! Je vous jure ! Je pouvais le voir, mais lui, il remplissait sa mission comme si je n'étais pas là. J'ai eu tellement peur que je me suis mis à courir, j'ai traversé la fenêtre, et le fait de tomber m'a ramené ici. C'est ce que vous m'aviez appris : provoquer une peur physique pour revenir rapidement.

Le Pater eut un sourire bref, sec, sans joie. Il ébouriffa les cheveux de Max comme s'il se forçait à montrer un brin d'affection au garçon et lui dit gravement :

— Je te crois. Tu as très bien fait. Va te reposer, maintenant. Tu l'as bien mérité. Je vais faire le point au Centre. Bientôt, tu recevras une nouvelle assignation.

— Mais est-ce que c'est normal que je l'aie vu ? Ni lui ni moi n'étions réellement là-bas, comment c'est possible ?

Rouelle prit le temps de chercher ses mots.

— C'est quelque chose de très rare, Max. Visiblement, tes capacités exceptionnelles, en plus de te projeter à des distances considérables, te permettent de voir les gens qui sont eux aussi en vision à distance. C'est incroyable, et précieux, comme faculté. Je n'en ai entendu parler qu'une fois, et je n'étais pas certain que ce soit vrai. Mais, avec ce que tu me racontes, je me dis que finalement nous sommes loin de tout connaître sur tes formidables capacités. Cette particularité nous servira certainement un jour. Allez, mon garçon, va te reposer, j'ai beaucoup à faire et à réfléchir après tout ça.

Max comprit qu'il était congédié. Sans se faire prier, il quitta le bureau, se rendit dans la cuisine pour attraper un paquet de chips et s'enferma dans sa chambre. Là, il se permit enfin de souffler un peu, soulagé de savoir qu'il n'aurait pas à retourner là-bas et à prendre le risque de recroiser le Russe…

À LA RECHERCHE DE MAX (aujourd'hui)

Liza resta immobile un long moment, adossée au canapé de Rouelle. Avant de fermer les yeux, elle s'était fait la remarque qu'il n'était pas très confortable, trop dur, rigide et gris, comme l'homme à la tête du Centre qui se tenait assis devant elle. La jeune fille n'avait jamais aimé Rouelle, mais il n'intervenait pas dans les cours qu'elle recevait au Centre, après le lycée. Il se contentait de vérifier que tout allait bien, organisait de longues réunions avec son équipe, repartait aussi sèchement qu'il était venu. C'était la première fois qu'il faisait appel à elle et lui demandait de venir chez lui.

Elle était à la fois flattée par cette marque de confiance et d'attention, mais aussi un peu gênée : cela ne lui plaisait pas d'être seule avec cet homme qui lui faisait un peu peur.

C'est pourquoi elle mit un peu plus de temps que d'habitude pour trouver un état serein qui la mènerait vers la transse nécessaire. Son esprit semblait guetter les mouvements de Rouelle alors qu'il aurait dû lâcher prise. Mais rapidement elle comprit qu'il ne la gênerait pas, alors elle parvint à faire le calme en elle. Derrière ses paupières, ce n'étaient plus les images du salon où elle se trouvait qui lui apparaissaient, en persistance rétinienne, mais le visage de Max, qu'elle avait consciencieusement retenu. Cela faisait partie de son apprentissage : absorber en quelques instants tous les détails d'une image, d'un décor, paysage, ou une personne. Max était plutôt mignon, avec son épaisse chevelure sombre et ses yeux gris un peu rêveurs, cela avait facilité la tâche. Pendant un bref instant, elle se demanda pourquoi Rouelle voulait le retrouver.

Le portrait qu'il lui avait montré avait été pris au Centre, elle en avait reconnu le tampon officiel. Pourtant, elle était certaine de n'avoir jamais croisé Max là-bas. Pourquoi ne suivait-il pas les cours en même temps que la quinzaine de jeunes de son âge qui avaient été recrutés en raison de leurs talents un peu spéciaux ? Puis elle chassa ces pensées. Elle devait absolument se concentrer. Et si cet exercice était en fait un test surprise pour évaluer son niveau, ses capacités ? Vu ce qu'elle savait de Rouelle, cela n'aurait rien d'étonnant. Si c'était le cas, elle devait réussir à tout prix. L'argent que sa mère recevait en échange de sa présence au Centre, des missions qu'elle accomplissait pour lui, n'était pas de trop dans le budget de sa famille. Il était hors de question qu'elle échoue et se fasse virer du Centre.

Quand elle retrouva sa paix intérieure, elle se sentit soulagée. Elle pouvait le faire. Elle avait appris à retrouver les gens à distance depuis des années, la plupart du temps avec succès. Elle mettrait la main sur Max.

Son visage immobile sur la photo sembla bouger dans sa tête. Elle le reconnaissait bien : un menton qui commençait à s'élargir avec les changements de l'adolescence, quelques taches de son sur le nez et les pommettes, une tignasse épaisse, un regard triste…

D'un seul coup, ce fut comme s'il se trouvait devant elle. Elle le voyait, assis dans un lieu assez grand. Il était penché en avant.

Elle fit quelques pas immatériels pour se rapprocher de lui. Évidemment, il ne pouvait pas la voir, puisqu'elle n'était pas réellement près de lui. C'était juste sa pensée qui s'était projetée vers le garçon, comme si elle suivait un fil qui la reliait à lui.

Tous les êtres humains étaient reliés entre eux par leurs connaissances diverses et variées. Max était connecté à elle *via* Rouelle. Le fil conducteur était facile à suivre, sans ramifications, sans nœuds ni détours.

En se rapprochant, elle comprit qu'il se trouvait dans une bibliothèque et qu'il consultait un écran d'ordinateur. Le visage neutre qu'il affichait sur sa photo était à présent déformé par une myriade d'émotions qu'elle pouvait presque ressentir, comme des vagues qui s'échouaient juste à ses pieds : surprise, douleur, tristesse.

D'un seul coup, il tourna la tête vers elle. Liza eut l'impression qu'il pouvait la voir, qu'il la fixait à travers le nuage d'invisibilité qui la cernait. Il reporta son attention sur l'écran, cliqua sur la souris quelques fois, éteignit l'ordinateur, attrapa un sac à dos posé au pied de sa chaise et la regarda encore. Elle crut même qu'il lui faisait « non » de la tête.

Évidemment, c'était impossible.

Max fila alors sans demander son reste. La grande salle informatique de la bibliothèque était à présent vide. Liza s'approcha du bureau où était installé le garçon pour découvrir l'écran noir de l'ordinateur. Elle devinait que les dernières manipulations qu'il avait effectuées avaient été dans le but d'effacer son historique. Il n'y aurait aucun moyen de savoir ce qu'il avait fait en ligne, même si on venait physiquement explorer la mémoire de la machine. En revanche, au-dessus d'elle, inscrit sur un papier scotché au mur, se trouvaient le nom de la médiathèque et la ville dans laquelle elle se trouvait, et elle connaissait cet endroit. C'était déjà une piste.

Elle quitta les lieux. Mais c'était comme si elle n'y avait jamais été.

Quand elle rouvrit les yeux, Rouelle était toujours devant elle, assis sur son fauteuil, presque statufié. Il n'avait pas bougé, pas même battu des cils, lui semblait-il.

— Alors ? demanda-t-il sèchement.

— Je l'ai retrouvé, je sais dans quelle ville il est.

Le directeur du centre étira ses lèvres fines, surmontées d'une moustache grise, en un mince sourire.

Une pensée traversa l'esprit de Liza à ce moment-là :

« Dingue ce que je déteste ce type ! »

Nouvelle mission
(il y a six mois)

Cela faisait presque deux ans maintenant que Max avait commencé à travailler pour Rouelle. Évidemment, entre eux, ils ne parlaient jamais de « travail ». Le Pater continuait à prétendre que le garçon était toujours en formation, alors que la plupart des missions auxquelles il participait n'étaient que des entraînements, et qu'un jour Max serait amené à travailler vraiment, avec un contrat, un salaire. Mais pas tout de suite. Il était trop jeune, et il devait passer son bac, éventuellement faire un ou deux ans d'études supérieures.

En réalité, Max avait bien compris que l'homme qui l'avait recueilli chez lui ne prenait pas du tout à la légère les résultats que le garçon rapporterait de chacune de ses plongées dans la vision à distance. Il était avide de nouvelles informations, de plus, de mieux, à chaque retour de son espion. Cela lui importait peu. Il considérait qu'il avait une dette envers le Pater.

Sans lui, Max ne savait pas où il aurait atterri. Dans

un foyer, un orphelinat, une famille d'accueil où il ne se serait pas senti à l'aise ? Certes, tout n'était pas idéal dans sa vie actuelle, mais il avait un toit, il avait à manger, il recevait une éducation parfaite.

Il lui manquait juste de l'affection, des amis, une vie sociale. Toutefois, dès qu'il aurait dix-huit ans, il pourrait faire valoir sa majorité et changer lui-même son quotidien, redécouvrir le monde. Il n'avait qu'un peu plus de deux ans à tirer. En attendant, il apprenait tout ce qu'il pouvait apprendre et qui, il en était certain, lui servirait à l'avenir. Malgré tout, sa relation avec le Pater s'était dégradée au fil du temps. La solitude et l'enfermement pesaient sur les épaules de Max. Le garçon avait demandé plusieurs fois à son mentor de lui accorder un peu plus de liberté, ce que le Pater avait refusé systématiquement. À chaque opposition, le conflit gagnait en intensité. Max s'énervait, claquait les portes, restait mutique pendant des heures, voire des jours. Évidemment, cela ne marchait pas. Rouelle ne changeait pas d'avis et opposait à la tempête de l'adolescent un calme olympien. Pour le faire sortir de ses gonds, Max avait développé des stratégies bien rodées, qui consistaient à se montrer plus impertinent, insolent, tout ce que détestait l'homme gris. Sa petite victoire, c'était quand le vernis de façade que montrait le Pater en toutes circonstances se craquelait. Dans ces moments-là, le garçon se couchait satisfait de lui-même : il avait prouvé que même Rouelle était un être humain, et pas le robot qu'il voulait faire croire.

Ce soir-là, dans son lit, Max réfléchissait à tout cela. Demain, il savait que Rouelle l'enverrait sur le terrain après plusieurs semaines sans action. Une nouvelle mission. Où ? Pourquoi ? Comme pour les précédentes, le garçon n'en saurait rien.

La nuit était dense. La maison du Pater était isolée, entourée d'un vaste terrain cerné de murs. Parfois, quand tout était très calme, on pouvait entendre une voiture passer au loin. Sinon, c'était le silence complet. Le noir, en dehors du filet pâle qui passait sous la porte de la chambre de Max. Cela voulait dire que Rouelle ne dormait pas.

Un souvenir s'imposa alors à l'esprit du garçon. Un autre temps… Quand il était beaucoup plus jeune, son père commençait tout juste à faire tourner son cabinet médical. Ils vivaient alors dans un appartement modeste, et Max partageait sa chambre avec Morgane, qui était toute petite à l'époque. Ils se couchaient tôt tous les deux et, alors que sa sœur dormait déjà – il pouvait entendre sa respiration lente et régulière –, il ouvrait tout grand ses yeux. Il entendait la télé dans le salon. Ses parents faisaient quelques réflexions, riaient parfois, et Max mourait d'envie de les rejoindre, de se blottir sur les genoux de sa mère ou de son père et de regarder la télé avec eux, juste pour partager ce moment, se dire qu'il était un grand, pas un bébé comme Morgane.

Des larmes vinrent piquer les yeux de l'adolescent qu'il était maintenant. Il repensait rarement à sa vie d'avant. Cela ne servait à rien. Il n'avait jamais eu l'occasion de retourner chez lui après l'accident. Rouelle l'avait fait transférer directement depuis l'hôpital, où il était resté des mois en rééducation, à cette maison silencieuse comme une tombe. Max ne possédait même pas une photo de ses parents. Il avait demandé une fois au Pater s'il pouvait en récupérer une… Il ne se souvenait plus exactement de la réponse de son gardien, mais le ton de sa voix, froid, sec, presque cinglant, l'avait empêché de retenter l'expérience.

Et cette nuit, Max se rendait compte qu'il oubliait le visage de ses parents, de Morgane. Même en se concentrant sur certains souvenirs, sur certains moments heureux de sa vie avec sa famille, cette dernière s'effaçait lentement. Cette idée le terrifiait. Ils ne vivaient plus que dans sa mémoire. S'il les oubliait, ils auraient disparu pour de bon…

Il finit par sombrer dans un sommeil agité, peuplé de rêves dont il ne se souviendrait pas au matin.

Le lendemain, il était prêt pour sa nouvelle mission.

Le Pater, comme à chaque fois, avait posé une grande enveloppe kraft sur son bureau et se tenait tout droit, assis sur son fauteuil, derrière la vaste table de bois cirée.

— Max, voici le prochain endroit où tu vas devoir te rendre.

Il fit pivoter l'enveloppe de manière à ce que son ouverture soit dirigée vers le garçon. Sans un mot, Max en sortit les photos qu'elle contenait. Un immeuble. En pleine ville, cerné par d'autres immeubles. Tous modernes, aux parois couvertes de vitres reflétant un ciel clair parsemé de nuages.

— Quel étage ? demanda Max.

— On n'en est pas sûrs… mais il y a un laboratoire, c'est là que tu dois te rendre. Je veux que tu me décrives tout ce que tu y verras. D'accord ?

Le garçon hocha la tête. Il fixa les photos. Il avait appris à retenir tous les détails utiles le plus rapidement possible, afin de pouvoir envoyer son esprit là-bas en quelques instants. Les difficultés qu'il avait connues au début, ses peurs, ses hésitations, tout cela était oublié depuis longtemps. Maintenant, il était vif, efficace.

Une fois le bâtiment dans lequel il devait se rendre mémorisé, il ferma les yeux. Derrière ses paupières, il voyait les éléments de la photo aussi précisément que si elle était posée devant lui. Il ralentit sa respiration, se concentra, se sentit comme aspiré en avant. En quelques instants, il se retrouva devant l'immeuble. À ces débuts, les images lui apparaissaient en négatif, mais c'était fini maintenant. Toutes les couleurs, les nuances étaient normales. Le vert des arbres était bien vert, le bleu du ciel parfaitement bleu.

Max pivota sur lui-même pour étudier son environnement. Rien qu'en regardant les voitures et leurs plaques, il devina qu'il était en France. Dans une ville assez grande. C'était rare qu'il soit dans son propre pays. La plupart du temps, il partait loin, rapportait des notes rédigées dans des langues étrangères dont il ne comprenait pas un mot. Mais Rouelle savait quoi en faire et c'était l'essentiel.

Il passa à travers la porte principale, et se retrouva dans un hall où un bureau d'accueil servait à diriger les visiteurs. Max n'y prêta aucune attention. Il trouva les escaliers et les monta en pensée afin d'explorer chaque étage, un à un pour trouver le laboratoire.

Ce dernier se situait au quatrième, au bout d'un grand open space occupé par des bureaux, des ordinateurs, le schéma classique qu'il avait croisé tant de fois en mission. Le laboratoire était vaste. De longues paillasses s'alignaient, parallèles les unes aux autres. Divers instruments s'y trouvaient. Certains, familiers comme des microscopes, des centrifugeuses équipées de tubes à essais. D'autres, en revanche, lui étaient complètement inconnus. Quelques chercheurs étaient penchés sur des boîtes de Petri emplies de liquides colorés. Ils transvasaient quelques gouttes de l'une à l'autre à l'aide de pipettes. Max se demanda ce qu'il pouvait bien rapporter comme information à Rouelle. Il ne comprenait rien aux expériences faites ici. Il avait des cours particuliers de biologie, mais du niveau lycée, et ici tout était trop pointu pour qu'il y trouve du sens. Puis il remarqua qu'une des chercheuses prenait des notes sur une tablette au fur et à mesure qu'une de ses manipulations donnait des résultats. Sans savoir si c'était vraiment ce que le Pater voulait, il se pencha par-dessus l'épaule de la femme et entreprit de noter, à distance, tout ce qui se trouvait sur son écran.

Il espionna ainsi un autre chercheur, avant de sentir sa concentration se diluer. Par principe, il retourna dans l'open space et jeta un coup d'œil aux écrans afin de prendre connaissance de ce qu'ils affichaient, et retranscrire leur contenu sur la feuille qui était posée devant lui, dans le bureau de Rouelle, avant de se décider à revenir dans son corps. Alors qu'il se sentait déjà aspiré, il tourna la tête, vit une photo posée sur l'un des bureaux, sursauta de loin, mais déjà il n'était plus là-bas. Il était de retour chez lui.

Assis tout droit derrière le large bureau de bois sombre, le Pater lisait un de ses innombrables documents, comme il le faisait toujours en attendant que Max revienne de mission.

— Alors, que me rapportes-tu aujourd'hui ? demanda-t-il de son ton doux, égal, un peu écœurant parfois.

Max fit glisser la feuille barbouillée de ses notes vers son mentor. Rouelle l'attrapa au passage et la parcourut rapidement.

— C'est parfait ! C'est exactement ça, Maxime.

Quand c'était important, le Pater utilisait son nom complet.

— Si vous le dites. J'ai récupéré des données au hasard, je ne savais pas exactement quoi chercher.

— C'est parce qu'on ne savait pas exactement quoi trouver, mon garçon. C'est un laboratoire hyper sécurisé. Rien ne filtre des recherches qu'ils y effectuent. C'est justement ce besoin de secret qui a attiré l'attention de nos clients.

Max releva la tête. Il était en train de mâcher une bouchée de sa barre chocolatée fourrée au caramel et faillit s'étouffer avec. Jamais le Pater n'avait évoqué des clients jusqu'ici. Il parlait du Centre. Les missions du Centre. Le travail du Centre. Les réunions au Centre. Mais des clients ? Jamais il n'en avait fait mention.

— On travaille pour des clients ? se permit-il de demander. Je ne savais pas.

Rouelle releva son regard pour croiser celui de l'adolescent. Il semblait irrité. Visiblement, cette information lui avait échappé, et il s'en voulait.

— Cela ne te regarde pas. Tu te contentes de faire ce que je te demande.

Max haussa les épaules.

— De toute façon, je suis comme votre esclave, non ? Je suis enfermé ici, je n'ai aucun droit, aucune liberté, je fais votre sale boulot sans poser de questions, c'est ça, non ?

Lentement, le Pater reposa la feuille de notes sur le bureau. Son visage s'était figé, mais dans ses prunelles Max pouvait lire une rage contenue. Il le connaissait assez maintenant pour savoir quoi dire afin de mettre Rouelle hors de lui. Cela l'amusait de plus en plus de le provoquer. Il voulait le pousser à la faute, quelque chose qui le rendrait plus humain, qui changerait de ces habitudes grises, lisses, prévisibles, tout comme le quotidien de l'adolescent en pleine révolte.

Rouelle inspira longuement par le nez, ce qui fit frémir quelques poils de sa moustache. Il rapprocha la pointe de ses doigts, qu'il posa sur son menton. Ses yeux sombres comme une nuit sans étoiles fixèrent Max.

Autrefois, au début de sa nouvelle vie, le garçon avait l'habitude de se recroqueviller sous ce regard impénétrable, effrayant. Mais à présent il ne se sentait plus menacé par cette attitude froide, faussement calme. Il connaissait le Pater. Il savait sur quelles ficelles tirer. Et, depuis quelques semaines, il faisait la même taille que lui. Certainement qu'il finirait par le dépasser. Cela lui donnait de l'assurance. Non, Max n'avait plus peur.

— Je vais te demander de regagner ta chambre, Maxime. Maintenant. Ce qui se passe au Centre, au niveau décisionnaire, ne te regarde pas. Je te laisse réfléchir à ton attitude. Demande-toi où tu serais sans moi.

Max fit ce qu'il lui demandait. Comme il était loin, le jeune ado de treize ans, miraculé d'un accident de voiture, qui considérait le Pater comme son sauveur. Aujourd'hui, l'amertume avait remplacé l'admiration. Dans sa tête tournait cette question : où serait-il, en effet, si Rouelle ne l'avait pas pris sous son aile ? Il n'en savait rien, mais une petite voix lui chuchotait qu'il serait certainement au lycée, avec de nouveaux amis. Peut-être même qu'il aurait une petite copine. Qu'il pourrait voir les films qu'il voulait au cinéma, qu'il pourrait consulter son compte Facebook et vivre comme tous les adolescents dans ce pays : normal et connecté au reste du monde.

Questions
(aujourd'hui)

Liza reprit le chewing-gum qu'elle avait posé sur la table basse et, d'un geste décontracté, l'envoya dans sa bouche pour se remettre aussitôt à mastiquer. Elle entendit Rouelle aspirer de l'air brièvement, comme s'il s'empêchait de dire quelque chose.

Puis elle attrapa dans son sac un crayon, une feuille grand format grands carreaux perforée, et inscrivit, de son écriture nerveuse de lycéenne habituée à prendre beaucoup de notes en cours, les détails de sa vision à distance, comme elle avait appris à le faire. En même temps, elle faisait son compte rendu à voix haute.

— Max était dans une bibliothèque. Il regardait quelque chose sur un ordinateur.

— Merde... souffla Rouelle entre ses dents.

Même si Liza ne connaissait pas bien le chef du Centre, elle était à peu près certaine de ne l'avoir jamais entendu jurer avant aujourd'hui. La situation devait être très grave.

— Évidemment, il avait tout éteint avant de partir, donc

je n'ai aucun moyen de savoir ce qu'il consultait. En fait...

Liza s'interrompit, leva la tête pour regarder Rouelle. Il était toujours assis, droit, les mains posées sur ses genoux comme s'il se forçait à rester immobile. Ses yeux trop noirs semblaient emplis de mauvais présages.

— En fait quoi ? la poussa l'homme.

— C'est étrange, mais j'ai eu l'impression qu'il pouvait me voir. C'est impossible, n'est-ce pas ? Je veux dire, quand on fait de la vision à distance, on n'est pas vraiment là, on ne peut pas nous voir.

Rouelle secoua la tête et changea enfin de position : il se pencha pour attraper la feuille griffonnée par la jeune fille et parcourut du regard les mots alignés.

— Il peut faire ça. Ce n'est pas quelque chose que j'avais prévu au départ, quand je l'ai formé. Mais Max a un don extrêmement développé.

— C'est pour ça qu'il n'allait pas au Centre ? Parce qu'il est super fort ? insista Liza en faisant claquer une bulle de son chewing-gum.

— Cela ne te regarde pas, Liza. On va envoyer une équipe remonter sa piste. Mais à mon avis il aura déjà filé. Je vais te demander de continuer à le suivre autant que possible. Je sais que, entre tes cours au lycée et ta formation au Centre, c'est un peu compliqué, mais dès que tu as un moment il faut que tu le pistes. C'est bien compris ?

Liza haussa les épaules et ramassa son sac avachi au pied du canapé.

— C'est vous le chef. Je ferai ce que je peux.

Quelques instants après, elle était partie rejoindre Adrien, qui l'attendait dans la voiture, et Rouelle s'enfermait dans son bureau.

Il décrocha son téléphone. En une série de mots brefs, il envoya une équipe sur les traces de Maxime. Il savait que Liza disait la vérité : le garçon avait dû la voir. Cela voulait dire qu'il avait déjà déguerpi, se sachant découvert. Mais il y avait un paramètre à prendre en compte : Max n'avait pas d'argent sur lui. Ses moyens se trouvaient donc limités.

Rouelle raccrocha et soupira longuement, avant de laisser son front tomber entre ses mains. Il aurait dû se douter que ça allait arriver. Max était de plus en plus difficile, ces derniers temps. Il posait des questions, il montrait des signes d'impatience face à sa situation. Et maintenant qu'il était plus grand que son mentor, il avait gagné en assurance. Il ne lui faisait plus peur.

Repassant les derniers mois dans sa tête, Rouelle se demanda ce qu'il aurait pu faire pour éviter cette situation. Il ne trouva pas la réponse. Laisser un peu de liberté à Max signifiait qu'il aurait l'opportunité de s'approcher d'un ordinateur ou d'un smartphone, de se connecter sur le Net et d'y trouver certaines informations qui devaient rester secrètes.

Puis il s'interrogea : qu'est-ce qui avait bien pu être l'élément déclencheur ? Car il devait forcément y en avoir un. Même si le tempérament de Max devenait bouillonnant, impatient, même s'il faisait preuve de plus en plus souvent d'insolence, il n'avait aucune raison réelle de partir. Il n'avait nulle part où aller, plus une seule attache ou contact dans le monde extérieur, pas d'argent à part les dix euros qu'on lui donnait pour s'acheter un goûter au retour de son cours de krav-maga… Il se souvenait de deux questions que lui avait posées le garçon : « Vous savez exactement qui travaille dans ce laboratoire ? Ce sont des médecins, des chercheurs ? » Rouelle avait été étonné. Max ne l'interrogeait pas sur des sujets qui sortaient du cadre de sa mission. Savoir si c'étaient des médecins ou des chercheurs qu'il espionnait n'avait aucune importance pour la suite de son travail. Il lui avait répondu que cela ne le regardait pas. L'adolescent avait un peu insisté, plus que d'habitude. Visiblement, cette information était importante pour lui. Il n'avait pas pris la peine de lui apporter les renseignements qu'il cherchait. Puis c'était passé. Est-ce que, finalement, cette interrogation était essentielle ? Impossible à dire.

Rouelle sortit une petite clef de la poche de sa veste, et l'utilisa pour ouvrir un des tiroirs de son bureau. Il en extirpa un épais dossier. Dedans se trouvaient toutes les notes prises par Max lors de ses différentes missions. Tout était là, depuis le premier jour.

L'homme attrapa une liasse maintenue par un trombone et la posa devant lui. C'étaient les comptes rendus des dernières immersions de son protégé dans la vision à distance. Dans le laboratoire de recherche sensible où il allait régulièrement depuis plusieurs mois.

Lentement, avec minutie, il entreprit de toutes les relire afin de trouver, il l'espérait, la réponse à ses questions…

Le laboratoire
(il y a trois mois)

Max n'avait pas eu l'occasion de retourner dans le laboratoire depuis sa première visite. Le Pater lui avait expliqué que c'était un cas très délicat et qu'il leur fallait être hyper prudent. Comme d'habitude, l'adolescent ne connaissait pas les tenants et les aboutissants de sa mission. Il se contentait d'obéir aux ordres et de rapporter ses observations à Rouelle.

Dans le bureau de son mentor, il attendait ses instructions, assis sur le fauteuil qui l'accueillait depuis des années quand il « partait » en mission.

— Max, aujourd'hui, tu vas retourner dans le grand laboratoire où tu t'es déjà rendu. Cette fois, je n'ai pas besoin que tu ailles voir les expériences qui sont menées. J'ai besoin que tu cherches des dossiers sur les résultats de ces expériences.

— Dans les ordinateurs ?

— Oui. Je sais de source sûre que de nombreux fichiers sensibles se trouvent dans les machines, c'est pourquoi tu devras te concentrer sur ceux que tu trouveras ouverts par les gens qui travaillent dessus. Récolte tout ce que tu peux trouver, note tout ce que tu vois, c'est très important, d'accord ?

Max hocha la tête.

— Entendu.

Rouelle lui offrit ce que le garçon appelait un « faux sourire », un simple mouvement des lèvres qui ne touchait pas les yeux, avant de sortir d'un tiroir de son bureau l'enveloppe dans laquelle se trouvaient les photos du bâtiment. En réalité, le garçon n'en avait pas besoin. Il se souvenait parfaitement bien des détails des lieux. Cela faisait partie de son entraînement : aiguiser sa mémoire, être capable de se rappeler tout ce qu'il voyait sans omettre un seul élément, les formes, les couleurs, les distances, le mobilier, le nombre de marches d'un escalier, le nombre de fenêtres sur une façade…

C'est pourquoi il ne jeta qu'un regard distrait aux photos étalées sur le bureau de bois sombre. Il ferma les yeux, s'appuya sur le dossier du fauteuil. En quelques instants, il fut « là-bas ».

Il se repéra aussitôt, grimpa au quatrième étage. C'était là que se trouvait le laboratoire, mais aussi les bureaux des chercheurs, là où ils compilaient les résultats de leurs manipulations.

Tous les ordinateurs n'étaient pas occupés. Les scientifiques devaient être affairés sur leurs expériences. Aussi, Max se concentra sur ceux qui étaient allumés. Il se planta derrière une femme menue dont la blouse blanche était trouée par endroits, comme si elle avait reçu des projections incandescentes. Elle tapait à toute vitesse sur un clavier un texte que l'espion invisible décrypta comme étant un compte rendu. Il se pencha un peu plus pour mieux le déchiffrer.

Dans le bureau de Rouelle, sa main s'activait à noter ce qu'il saisissait : des mots, des chiffres, des formules qui n'avaient pas de sens pour lui, mais il griffonnait à toute allure tout ce qu'il pouvait. La femme s'arrêta, relut son texte avant de l'envoyer par e-mail. Max nota également le nom de son destinataire.

Puis il se déplaça pour voir l'écran d'une autre machine occupée par un homme chauve. Ce faisant, il passa devant un bureau vide, mais sur lequel était posée une photo de famille. Il se souvint seulement à ce moment que, lors de sa présence ici, la fois précédente, elle avait attiré son attention. Mais il était déjà en train de regagner son corps et ensuite, il n'y avait plus pensé. Ses journées étaient trop remplies et, quand il avait un peu de temps libre, il dessinait ou cherchait des moyens pour énerver le Pater. De loin elle lui parut à nouveau familière, mais il n'eut pas l'occasion de s'en approcher plus, il avait autre chose à faire.

Il se reconcentra sur sa tâche, nota les informations distillées par l'homme chauve. Une fois sa mission achevée, il ne put s'empêcher de retourner devant le bureau vide et le cadre entourant des visages souriants. Il savait qu'il devait passer à autre chose : une autre femme, qui tenait un carnet à la main, venait de s'asseoir pour taper les notes manuscrites sur son ordinateur. Elle revenait du laboratoire, avait peut-être des données importantes pour Max, mais le garçon était comme aimanté par la photo. Il allait se pencher dessus quand un son strident détourna son attention, l'arracha de la concentration nécessaire pour maintenir sa vision à distance. Il rouvrit, à regret, les yeux sur le bureau de Rouelle.

Le Pater avait quitté la pièce en silence et s'y ruait à nouveau pour décrocher le téléphone qui sonnait, encore et encore. C'est ce qui avait extirpé Max de son déplacement par la pensée. Ça n'était jamais arrivé. Le Pater était toujours présent - pour ce qu'en savait Max - pendant les missions et il veillait à ce que rien ne détourne son espion de son travail.

— Je suis désolé, Max. J'ai pourtant donné l'ordre de ne pas me déranger, mais ça doit être une urgence pour qu'on m'appelle quand même. Ce sera tout pour aujourd'hui.

Le garçon, encore un peu sonné par son retour rapide et forcé, hocha la tête et sortit de la pièce. Rouelle ferma la porte derrière lui, mais Max ne s'éloigna pas. Il était curieux. Il colla son oreille sur le panneau de bois.

— Oui, qu'est-ce que c'est ? demanda la voix sèche du Pater.

Rien qu'à son ton, on sentait qu'il était plus qu'agacé par ce dérangement.

— Je vous avais demandé de ne pas m'appeler de l'après-midi, ça a intérêt à être important. Quoi ? D'accord, j'arrive tout de suite.

À ces mots, Max se précipita dans la cuisine pour avaler son snack post-vision. Quand le Pater le trouva, le garçon dévorait une barre chocolatée.

— Max, je dois partir en urgence. Je te laisse seul pour le reste de la journée. Je crois que tu as un contrôle d'histoire à préparer. Réjouis-toi, tu as plus de temps pour tes révisions.

Sur ce, Rouelle quitta les lieux. Avant de partir, il prit bien soin de tout verrouiller dans la maison. Comme à chaque fois, il enfermait Max afin que son protégé ne puisse pas sortir sans sa supervision ou celle d'un de ses professeurs. Au départ, cela ne choquait pas le garçon. Il était encore jeune, et rester seul était un peu effrayant. Surtout depuis l'accident : certains bruits l'impressionnaient. Il avait longtemps souffert d'une anxiété très forte après son installation ici, de terreurs nocturnes, de peurs irraisonnées. Avec le temps, ça s'était calmé. Il avait fait le deuil de son ancienne vie, il avait accepté les codes de la nouvelle, il avait grandi et mûri. Mais, à présent, l'impression d'être un prisonnier dans une cellule de luxe s'imposait à lui. Il avait à plusieurs reprises tenté d'ouvrir une porte, ou une fenêtre, pour sortir de la maison quand le Pater n'était pas là, mais il n'y était jamais arrivé. Rouelle était quelqu'un de méfiant et de méticuleux. Quand il verrouillait la maison, tout se fermait en même temps. Le mécanisme contrôlait aussi bien les portes, les fenêtres, la terrasse, chaque issue était scellée jusqu'à son retour. Et même si Max avait appris à crocheter des serrures basiques, le système de fermeture que le Pater avait fait installer était loin de l'être, basique.

Ce qu'autrefois Max prenait pour des mesures de sécurité pour éviter qu'un danger extérieur ne le menace s'était transformé en conviction que le Pater avait fait de lui son otage. Mais pour quelle raison ?

Cette question, sans réponse, était logée dans un coin de la tête de l'adolescent. Il n'y pensait pas en permanence, pour ne pas devenir fou, mais il ne l'oubliait pas. Et à nouveau il se posait la question en se rendant dans sa chambre. En réalité, il ne comptait pas le moins du monde réviser son contrôle d'histoire. Il connaissait sa leçon suffisamment bien – ce n'est pas comme s'il manquait de temps pour la relire ! – et il se fichait un peu de sa note. Et s'il en avait une mauvaise, Rouelle allait faire quoi ? Le punir en lui interdisant de sortir ? Rien qu'à cette pensée, Max se mit à rire à voix haute.

Il s'allongea sur son lit, bien installé sur le dos, ferma les yeux et se concentra sur sa respiration. Sa poitrine montait et descendait, le silence autour de lui devenait aussi moelleux qu'une couverture, ses pensées s'effilochaient pour perdre de leur cohérence. Il retourna en état de transe, se retrouva au pied de l'immeuble qui abritait le laboratoire. C'était la première fois qu'il faisait cela : retourner sur le lieu d'une mission sans le Pater, sans sa supervision et son autorisation. Sa première pensée fut pleine de fierté : il n'avait pas besoin de la photo, il n'avait pas besoin de son mentor pour effectuer ce genre de voyage à distance. Il était plus fort qu'avant. Ensuite, ce fut une pointe d'inquiétude. Est-ce que Rouelle pouvait savoir ce qu'il faisait ? Mais non, c'était impossible. Puis enfin, ce fut l'impatience de retourner devant la photo qui l'avait tant attiré.

Max se propulsa instantanément dans l'open space, juste devant le bureau qui était toujours vide. Le cadre sombre, sobre, était toujours là. Le garçon se rapprocha, les contours des visages se précisèrent. Il faillit être arraché à sa vision à distance tant l'émotion qui le saisit à ce moment-là fut intense. Il s'agissait de lui. Et de ses parents, et de Morgane. Tous souriants, devant un beau panorama de vacances. C'était une des dernières photos de famille prises avant l'accident. Ils étaient heureux, insouciants, inconscients du drame qui allait se jouer quelques semaines plus tard. Pourquoi cette photo se trouvait-elle sur ce bureau ? À qui appartenait-elle ? Un membre de sa famille qu'il ignorait avoir et à qui ils manquaient ? Ça n'avait pas de sens !

Max tenta d'en savoir plus sur le propriétaire du bureau, mais l'ordinateur était éteint, et aucun papier ne traînait ni près du clavier, ni dans la corbeille métallique posée sur le côté. Bouleversé, il revint vers son corps. Lui qui avait oublié les visages de ses parents et de sa sœur, voilà qu'ils lui revenaient en force. Leurs regards pétillants, leurs sourires qui ressemblaient au sien. S'il avait pu, il aurait pris l'image avec lui, il l'aurait rapportée dans sa chambre, il l'aurait contemplée pendant des heures, s'emplissant du portrait de ceux qu'il aimait et qui lui manquaient tant. Sa blessure demeurait béante.

Quand Max rouvrit les yeux sur le plafond de sa chambre, il n'avait plus qu'une seule certitude : il fallait qu'il quitte cette maison, qu'il s'éloigne de Rouelle et qu'il découvre la vérité qui se cachait derrière ce mystère. Retourner au laboratoire sans son corps, sans pouvoir agir, toucher, parler, interroger ne lui serait d'aucune utilité. Sa décision était prise : dès qu'il le pourrait il s'enfuirait loin d'ici.

Sur la route
(aujourd'hui)

Max savait que la fille qui avait été envoyée par Rouelle pour le dénicher avait vu où il se trouvait. C'était évident, des affichettes avec le nom de la ville étaient placardées partout sur les murs de la médiathèque, au-dessus des ordinateurs. Et elle avait certainement saisi son mouvement quand il s'était tourné vers elle. Savait-elle qu'il pouvait voir les autres espions psi ? Il n'en avait aucune idée. Le Pater lui avait confié que c'était une capacité assez rare. Il n'avait jamais eu la preuve que c'était possible avant que Max ne lui relate sa rencontre avec l'agent secret russe aperçu il y a quelques années. C'était resté un événement isolé, et il n'avait jamais été confronté à cette situation à nouveau. Et comme il ne connaissait personne d'autre qui faisait de la vision à distance, il n'avait pas pu vérifier si cette aptitude était systématique ou exceptionnelle. Mais il avait vu la fille, blonde, avec des mèches roses dans les cheveux. Elle était comme un fantôme, une version éthérée d'elle-même, elle semblait flotter au-dessus de la moquette épaisse de la pièce. Max avait tout de suite compris qu'elle était une élève du Centre envoyée par Rouelle. Et cette apparition lui confirmait qu'il pouvait voir les gens qui n'étaient pas vraiment là. Cela allait s'avérer pratique pour la suite.

Maintenant, le reste importait peu ; il devait filer et s'éloigner de là. Il ne lui restait plus grand-chose comme économies, et prendre un billet de train était hors budget. Mais comme il avait peur de se faire prendre, s'il était contrôlé sans ticket, qu'on lui pose des questions, qu'il se fasse repérer, il devait éviter la gare. Il quitta la médiathèque et s'enfonça au hasard des rues. Il fut tenté de retourner dans la petite chambre lugubre qui l'avait abrité la nuit précédente, mais il chassa cette pensée : il devait carrément quitter la ville, et vite.

Au bout d'un moment, il se rendit compte qu'il s'était écarté du centre-ville pour se trouver dans une banlieue proprette et agréable, où des maisons alignées derrière des haies suivaient la courbe des rues calmes. Il était complètement perdu, et c'était très bien ainsi, parce que le hasard était son meilleur allié. Mais il fallait qu'il trouve une solution pour aller encore plus loin.

Finalement, il déboucha, après un temps qui lui parut très long, sur une zone commerciale. Des magasins alignés derrière des parkings pleins de voitures, des gens qui en sortaient, les bras chargés de paquets…

Max était épuisé et il avait très faim. Il lui restait de l'argent pour un repas, mais ensuite ? Il fallait qu'il soit économe. Tant pis, il mangerait plus tard.

Il longea le petit chemin piétonnier qui reliait entre eux les différentes enseignes et parvint à une station-service accolée à un hypermarché. Là, il repéra une femme, une maman avec deux enfants en bas âge à l'arrière de la voiture, qui faisait le plein. Elle avait l'air gentil, c'était une mère de famille, il pourrait peut-être lui faire de la peine afin qu'elle accepte de l'aider. Il s'avança vers elle en tournant dans sa tête les mots qu'il allait lui dire. Il n'avait plus l'habitude d'interagir avec les étrangers après trois ans d'isolement total et il sentait le bout de ses doigts gourds sous l'effet du stress.

— Excusez-moi, madame ?

La femme se tourna vers lui. Une lueur inquiète passa dans son regard.

— Excusez-moi de vous importuner, mais je me suis trompé de bus en sortant du lycée, et je n'ai plus d'argent pour en prendre un autre pour rentrer chez moi. Je n'ai pas de téléphone portable, parce que mes parents me l'interdisent, et je ne sais pas comment rentrer. Est-ce que vous pourriez m'aider ?

La légère angoisse de la maman disparut de ses prunelles et son visage s'attendrit. C'était ce que Max avait espéré.

— Comment tu t'es retrouvé dans une telle situation ? demanda-t-elle d'un air à la fois amusé et désolé.

— Je suis assez distrait, mes pensées sont souvent ailleurs…

Max trouva que son trait d'humour – qu'il était le seul à comprendre – était très réussi, mais il se contenta d'offrir son sourire le plus dépité à la dame.

— Je veux bien te croire, mais je ne retourne pas au centre-ville, mon garçon. Je vais à une trentaine de kilomètres de là.

Elle donna le nom d'une ville qui n'évoquait rien à Max, mais c'était loin d'ici, c'était parfait.

— Justement, c'est à côté de là où j'habite !

— Vraiment ?

— Oui !

— Et tu es au lycée ici ?

Son ton était redevenu suspicieux.

Il haussa les épaules d'un air qu'il espérait détendu. Il savait que la situation n'était absolument pas crédible, mais il fallait qu'il tente le tout pour le tout.

— C'est parce qu'avant on habitait là, et mes parents ont déménagé, mais je ne voulais pas quitter mes copains, et je suis resté dans mon ancien lycée, expliqua-t-il d'un ton ferme pour donner le plus de sens à tout ça.

Elle lui fit un autre sourire, plus compréhensif cette fois.

— Ah oui, c'est important les copains, à ton âge. Grimpe, si tu veux. Mais je ne pourrai pas faire un détour, je suis déjà en retard et j'ai rendez-vous chez le pédiatre pour Tom et Nathan.

Elle montra du doigt les deux garçons, des jumeaux, sanglés dans leur siège auto et qui attendaient sagement que leur mère termine son plein.

— Pas de problème, c'est déjà super de me rapprocher de chez moi. Merci beaucoup !

Il contourna la grosse voiture et prit place à l'avant.

Il se retourna vers les garçons et leur fit un petit signe de la main.

Les deux lui rendirent un sourire joyeux alors que leur mère montait aussi à bord.

— Allez, en route !

Elle démarra, et la zone commerciale s'éloigna rapidement.

Max put enfin se détendre alors que la route s'étirait en un long ruban gris coincé dans le vert de la campagne, laissant cette journée éprouvante derrière lui.

— Tu t'appelles comment ? demanda la femme avec douceur.

— Max.

— Tu es en quelle classe ?

— Seconde.

— Ah c'est bien. Tu as déjà choisi ce que tu vas faire l'année prochaine ?

Il secoua la tête.

— Non, j'attends de voir mes résultats au dernier trimestre, mais je suis plus littéraire que matheux.

Elle acquiesça sans quitter la route des yeux.

— C'est bien. J'adore les livres. Tu lis beaucoup ?

— Oh oui, chez moi, on n'a pas la télé, alors il faut que je m'occupe.

Ils continuèrent à papoter tranquillement. La jeune maman était vraiment gentille, attentive. Au bout d'un moment, elle entendit les grondements de l'estomac de Max, qui pourtant tentait de les masquer en serrant sa veste contre lui.

— Tu as faim ?

— Oui, le déjeuner à la cantine était dégueu, je n'ai pas assez mangé ce midi.

— Je vois que ça n'a pas changé depuis mon époque… Regarde dans la boîte à gants, il doit y avoir des gâteaux.

Le trajet continua sur le même mode. À l'arrière, bercés par le roulis de la voiture, Tom et Nathan s'étaient endormis. Max se sentait mieux après avoir dévoré tout le paquet de biscuits, avec la bénédiction de la conductrice.

Elle lui posait des questions, et Max s'inventait une vie, un mélange d'imaginaire et de souvenirs de moments vécus avec sa famille. En même temps, les images de ce qu'il avait découvert sur Facebook tournaient dans sa tête. Il refoulait l'émotion qui menaçait de le submerger en y repensant, en prononçant le nom de Morgane, les mots « papa » et « maman », ce qu'il n'avait pas fait depuis des années.

Enfin, après avoir traversé une campagne calme, vallonnée, douce sous la lumière de la fin de journée, ils parvinrent dans une bourgade au centre ancien, où des maisons aux murs de pierre entouraient une vieille église aux tours élancées et moussues.

— Je vais te laisser ici, Max. Est-ce que ça ira ?

— Oui, c'est parfait, affirma le garçon avec assurance.

Depuis le début, il avait donné cette impression de savoir exactement ce qu'il faisait de manière à ne pas l'alerter. Si elle pensait un seul instant qu'il faisait une fugue, elle pourrait alerter la gendarmerie. Vu les connexions du Pater, il serait vite de retour dans sa prison de luxe...

À l'arrière, Nathan et Tom s'étaient réveillés et babillaient avec animation dans un langage qui semblait n'appartenir qu'à eux. Max leur fit un petit signe de la main, et ils lui dirent au revoir avec de grands sourires.

— Merci infiniment.

— De rien. Fais attention à toi, d'accord ? Ne te trompe plus de bus, je ne serai pas toujours au centre commercial pour te ramener !

Max eut un éclat de rire sincère, le premier depuis longtemps.

— C'est promis. Je serai plus prudent. Bonne fin de journée, madame.

— À toi aussi.

Après un dernier salut, elle redémarra sa voiture et disparut à l'angle de la rue. Un bref instant, Max fut tenté de courir derrière elle, de lui avouer la vérité, de lui demander de l'héberger. Il s'occuperait des jumeaux, il ferait le ménage s'il fallait… Elle était si gentille, elle lui faisait penser à sa mère… Mais ce coup de folie lui passa aussi vite qu'il était venu, et Max resta planté là, sur le trottoir, incertain pendant un moment.

Puis il traversa la rue et se retrouva sur l'esplanade de l'église. Sans trop savoir pourquoi, il entra dans le bâtiment encore ouvert. Des cierges allumés à l'entrée diffusaient une lumière vite avalée par les ombres s'étendant sous la haute nef dont la voûte était soutenue par deux rangées de colonnes ouvragées.

L'atmosphère était sereine. Quelques visiteurs chuchotaient en explorant les différentes chapelles, d'autres, assis aux premiers rangs, semblaient prier.

Max trouva ce calme parfait pour se concentrer. Il devait réfléchir à la suite, trouver où aller, maintenant. Analyser ce qu'il avait découvert à la médiathèque. Ses parents. Sa sœur. Vivants. Ses amis, sa famille, le croyant décédé dans l'accident. C'était le monde à l'envers. Pendant trois ans, il avait cru le contraire. C'est lui qui était en vie et les autres morts. On lui avait menti. On leur avait menti. Mais qui, et pourquoi ?

L'adolescent s'assit sur l'un des bancs, dans le coin le

plus sombre possible. Personne ne lui accorda un regard, ne lui adressa la parole.

Il ferma les yeux, visualisa la maison de Rouelle, l'endroit où il avait vécu pendant trois ans, pensant qu'au moins il avait un toit, quelqu'un pour s'occuper de lui, alors qu'on lui avait volé trois ans de vie avec ses parents.

Une multitude d'émotions l'envahirent par vagues successives. Pour la première fois, il pouvait se laisser aller à éprouver les sentiments liés à la découverte qu'il venait de faire. La joie de savoir qu'ils n'étaient pas morts, la surprise, puis une colère énorme, une rage qu'il n'avait jamais connue. Il n'avait été qu'un pion dans un projet qui le dépassait. On l'avait utilisé, on lui avait menti. Il comprenait maintenant pourquoi le Pater lui interdisait l'accès à un ordinateur ou à un smartphone. En quelques minutes, il aurait su ce qu'on lui cachait. Cela signifiait que Rouelle était au courant de tout. Peut-être même avait-il organisé tout ça. Était-il également derrière l'accident ? Est-ce que les choses pouvaient aller aussi loin ?

Sa respiration saccadée était le seul signe de la tempête qui se jouait en silence dans son esprit. Ce tourbillon l'empêchait de se concentrer. Il fallait qu'il se calme. Il avait le droit de ressentir tout cela, mais pas maintenant. Plus tard, quand il n'aurait pas besoin d'utiliser l'intégralité de ses capacités.

Alors il fit comme on lui avait appris. Il ralentit ses inspirations et ses expirations. Il fit le vide en lui, il chassa les pensées parasites, il laissa le calme l'envahir à nouveau.

Max se retrouva aussitôt dans sa chambre. Il avait passé tant d'heures solitaires dans cette pièce qu'il lui était simplissime de s'y projeter. De là, il se rendit dans le salon. La pièce était vide. Il n'y avait aucun son. Alors il pénétra dans le bureau de Rouelle. Vide aussi. Le Pater n'était pas chez lui. Il devait être au Centre pour tenter de retrouver Max. Allait-il demander à nouveau à la jeune fille qu'il avait entraperçue à la médiathèque de le dénicher ? Même si elle le voyait, dans cette église, elle n'avait aucun moyen de le localiser. Une église ressemblait à toutes les autres, à moins de connaître précisément les détails d'une en particulier.

Comme s'il était en mission – et d'une certaine manière il l'était –, Max chercha un élément, quelque chose qui pourrait l'aider à avoir un renseignement, mais Rouelle était méticuleux et rien ne traînait, quand bien même le garçon n'était plus là. Il aurait pu se relâcher un peu avec l'absence de Max, mais ce n'était pas son genre. Il n'était que tensions, raideur, froideur.

Max savait qu'il ne trouverait rien. Il avait exploré cette pièce plusieurs fois lors de ses heures de solitude. Il avait juste espéré trouver Rouelle ici, peut-être au téléphone. Se sachant seul, il aurait parlé librement de Max, et ce dernier aurait pu glaner quelques renseignements. La maison étant vide, il rouvrit les yeux sur l'église. Le froid commençait à s'insinuer entre les vieilles pierres. Il fallait qu'il déniche un endroit où dormir, et un but pour sa journée de demain. Tout d'abord, il referma les yeux. Il se retrouva devant l'immeuble du laboratoire. Avec toutes les visites qu'il avait effectuées là-bas, il lui était facile de s'y projeter en un instant. Mais là, il lui fallait un renseignement qu'il n'avait pas pensé à chercher avant parce que, malgré son désir de fuite, il n'imaginait même pas qu'il aurait l'opportunité de s'échapper un jour. La nuit était tombée, et des voitures aux phares allumés circulaient dans la rue à vitesse réduite. Les employés de l'entreprise qu'il avait espionnée quelques semaines plus tôt sortaient en grappes du bâtiment en papotant. Leur respiration formait des nuages devant leurs visages à cause du froid. Il tenta de reconnaître quelqu'un qu'il connaissait, qui aurait pu posséder la photo de sa famille, sans succès. Il se glissa à l'intérieur du building tout illuminé. L'équipe qui s'occupait de l'accueil des visiteurs se préparait également à partir. Max passa derrière le comptoir et observa avec attention les papiers posés dans des corbeilles, près des écrans d'ordinateur. Il trouva ce qu'il cherchait : un document à en-tête. Il dénicha enfin le nom de cette entreprise qu'il avait visitée à plusieurs reprises.

Elle se trouvait à Issy-les-Moulineaux, une ville toute proche de Paris que Max connaissait. Il avait vécu à proximité pendant quelques années, avec ses parents. Il fallait trouver un moyen de rejoindre la capitale et, de là, se rendre dans cet immeuble, mais en personne cette fois. Pour pouvoir trouver toutes les réponses qu'il cherchait.

Fin de mission
(il y a un mois et demi)

Depuis qu'il avait aperçu la photo de sa famille sur le bureau, Max était allé plusieurs fois la revoir, rapidement, le soir, avant de s'endormir. Retrouver les visages tant aimés et qui lui manquaient terriblement était devenu comme une drogue. Il n'osait pas rester plus de quelques secondes sur place. Est-ce que le Pater avait la possibilité de savoir ce qu'il faisait ? Le garçon n'en savait rien, mais il ne se risquait pas à tenter plus que ces brèves incursions, au cas où. Et, pour l'instant, il n'était pas prêt à perdre ce petit lien, aussi ténu soit-il, qu'il avait avec son passé.

Comme il y allait le soir, après la fermeture des bureaux, il n'y avait jamais personne devant l'ordinateur à côté duquel le cadre était posé. Donc, il n'avait pas pu découvrir à qui il appartenait. Parfois, un chercheur restait plus tard au laboratoire pour terminer une manipulation, mais Max n'avait jamais retrouvé de visage familier parmi ces travailleurs nocturnes.

Chaque jour, il attendait le signal que lui donnerait

Rouelle pour repartir en mission là-bas, en plein jour, mais ça ne venait pas. Max n'avait aucune idée de la manière dont le Pater mettait en place les incursions, mais il avait sa propre organisation, qui devait également être décidée avec les gens du Centre. Ce fameux Centre où Max se rendait, uniquement pour des examens médicaux réguliers. À chaque fois, il était tellement surveillé qu'il ne pouvait pas faire un pas de côté. Du coup, il ne savait pas ce qui se passait là-bas. Il n'y voyait que la salle du médecin, le docteur et une ou deux infirmières qui lui faisaient ses prises de sang.

En attendant, il avait décidé d'arrêter d'asticoter le Pater. Pendant quelques semaines, il redevint le gentil garçon reconnaissant qu'il avait été au début de sa vie ici. Celui qui était encore sous le choc de l'accident et de la perte de sa famille, et qui acceptait tout juste parce qu'il était content d'être là, dans une belle maison, d'avoir tout ce qu'il lui fallait, d'avoir un homme qui s'intéressait à lui et veillait à son bien-être. Max se demandait parfois comment il avait fait pour ne pas se sentir enfermé, surveillé, menotté plus tôt. Mais il devait reconnaître qu'il avait été plongé dans une sorte d'hébétude bien compréhensible suite à l'accident. Il fallait qu'il se protège, qu'il continue à avancer, qu'il pense le moins possible à ce qu'il avait perdu. Ici, à l'abri de tout, loin du monde, il avait pu panser ses plaies. Mais ce temps était révolu. Maintenant, il était en colère, impatient, bouillonnant de frustrations et de questions.

Cependant, il parvint à se contenir, à faire illusion. Visiblement, le Pater était heureux de retrouver un Maxime sage et agréable, reconnaissant. Il devint moins tendu, plus patient avec son protégé. Les journées s'écoulèrent normalement. Max suivait ses cours au gré des visites de ses professeurs. Il allait au krav-maga, toujours accompagné et surveillé par quelqu'un du Centre. L'unique moment où il était seul, c'était quand il entrait à la boulangerie avec ses dix euros pour s'acheter un goûter après sa séance de sport. Un pain au lait et du chocolat, quelques bonbons acidulés qui explosaient bien les papilles en plus, parfois. Son gardien (ce n'était pas tout le temps le même, en fonction des disponibilités des gens du Centre) l'attendait sagement dehors, sans le quitter des yeux. Puis ils rentraient dans la grande maison de Rouelle. En voiture l'hiver et à pied l'été. C'était une longue balade, mais c'était le moment préféré de Max, celui où il se sentait un tout petit peu libre sous le ciel encore pâle de la saison chaude, enveloppé de la tiédeur du jour. Les hirondelles virevoltaient dans le ciel au-dessus de sa tête, il y avait des parfums de fleurs qui venaient des jardins des maisons voisines de la leur...

Enfin, après un long moment, le Pater entra dans la chambre de Max, qui était en train de réviser ses maths. Il avait du mal avec les fonctions et recommençait un exercice fait avec son professeur pour voir s'il y parvenait tout seul.

— Max, je vais avoir besoin de toi.

C'était la formule habituelle, celle qui voulait dire : c'est l'heure de repartir en mission.

Le garçon lâcha aussitôt son crayon et sa calculatrice pour suivre Rouelle jusqu'à son bureau.

Il tentait de ne rien laisser paraître, mais il se sentait fébrile, impatient, un peu inquiet. Est-ce qu'aujourd'hui la personne qui travaillait à ce fameux bureau serait là ? Découvrirait-il son identité ? Serait-ce la révélation qu'il espérait tant ?

Il s'installa dans le fauteuil profond, Rouelle en face de lui, de l'autre côté du vaste bureau en bois ciré. Le Pater lui tendit l'enveloppe. Max sortit les photos de sa cible. Il fit semblant de les regarder quelques instants pour ne pas alerter son mentor. S'il était trop décontracté, il se trahirait peut-être, et ses visites nocturnes, presque quotidiennes là-bas pour regarder la photo, seraient éventées. Que se passerait-il alors ? Il ne voulait pas le savoir.

Enfin, il ferma les yeux. Se rendre là-bas par la pensée ne lui demanda aucun effort. Il se rendit à l'étage du laboratoire, regarda de loin si le bureau avec le portrait était occupé. Vide, à nouveau. Pourquoi n'y avait-il jamais personne ? Et ce cadre posé là, il appartenait bien à quelqu'un, non ?

Max secoua la tête et se concentra sur sa mission. Il devait faire tout comme d'habitude pour ne pas rendre le Pater suspicieux. Aussi, il récupéra des informations sur les ordinateurs allumés, sur les notes transférées dans des dossiers, sur les e-mails écrits, envoyés, reçus. Il transcrivait tout du mieux possible tout en regardant, de temps en temps, le bureau inoccupé, espérant que, par miracle, son propriétaire surgisse enfin et dévoile son identité.

Max étira sa séance de vision à distance autant qu'il le put. Il savait qu'il s'épuisait et qu'il allait regretter ensuite d'avoir tiré sur la corde : une migraine monumentale serait sa récompense, mais il s'en fichait. Il voulait que quelqu'un arrive, s'assoie sur ce fauteuil vacant, devant cette photo.

Toutefois, il ne se passa rien de tel et, au bout d'un moment, Max se retrouva dans son corps, sur son fauteuil, en face de Rouelle. À bout de forces, il avait quitté les lieux de sa mission. Le Pater l'observait avec une lueur interrogatrice dans ses yeux trop noirs.

— Eh bien, Max, tu es resté très longtemps, là-bas. Tu as rencontré un problème ?

— Non, pas du tout, c'est juste qu'il y avait beaucoup d'informations à glaner.

De fait, il avait griffonné une bonne quantité de notes sur la feuille devant lui.

La douleur qui commençait à tambouriner contre ses tempes témoignait de l'effort trop intense qu'il avait fourni.

— Je vois ça. Mais tu sais que c'est imprudent de faire cela. Je suis heureux que tu prennes ton rôle au sérieux, c'est très bien, mais tu dois faire attention à toi.

— Je sais…

— Va te reposer. Je vais voir tout ce que tu as rapporté.

— Je me demande bien ce qu'ils font là-bas. C'est quel genre d'entreprise ? demanda Max d'une voix qu'il espérait légère.

Rouelle fronça les sourcils et lissa sa moustache d'un doigt nerveux.

— Je ne vois pas pourquoi ces informations t'intéressent soudainement.

Le garçon haussa les épaules d'un air dégagé.

— C'est juste que c'est la première fois que je vois un laboratoire pareil. C'est impressionnant. Ça me rend un peu curieux.

— Je comprends que ça soit inhabituel pour toi, mais tu sais bien que je ne peux rien te dire. Allez, va manger quelque chose et allonge-toi un peu. Tu dois être fatigué.

Sans discuter davantage, Max fit ce qu'on lui demandait.

Cependant, au dîner, le soir même, il osa s'aventurer sur le même terrain.

— Est-ce que c'est compliqué de devenir chercheur comme ça ? Est-ce qu'il faut être médecin ?

Rouelle, qui mangeait toujours en silence, parut à nouveau troublé par les questions de l'adolescent.

— Pourquoi tu me demandes tout ça ?

— Parce que je me dis que ça me tenterait bien. Je veux dire, je ne pourrai pas être espion toute ma vie, non ? Enfin je ne sais pas, on n'a jamais parlé de mon avenir, mais je me suis toujours imaginé que j'aurais un boulot normal, plus tard. Et là, ça m'a bien plu ce que j'ai vu. En plus, je suis bon en SVT…

Le Pater sembla se détendre.

— J'imagine que plus tard tu pourras décider de ce que tu veux vraiment faire de ta vie. Mais tu peux tout à fait continuer à faire de la vision à distance pendant de nombreuses années. Tu as des capacités exceptionnelles, il serait dommage de ne pas les exploiter et de les laisser s'étioler par manque d'entraînement.

Max fit semblant de réfléchir quelques instants.

— Oui, vous avez raison. Après tout ce que j'ai fait pour atteindre ce niveau, ce serait bête de tout perdre.

Rouelle eut un sourire sans joie.

— Exactement.

Le silence retomba dans la salle à manger. Max n'osa plus rien demander. Il savait que son mentor était méfiant, paranoïaque même. S'il poussait le bouchon un peu trop loin, il y aurait forcément des conséquences.

Bien que Max ait été persuadé d'avoir été subtil et de s'être arrêté à temps dans ses questions, les conséquences de son interrogatoire tombèrent malgré tout le lendemain. Le Pater lui annonça qu'il ne se rendrait plus au laboratoire. Les notes qu'il avait ramenées la veille étaient suffisantes et mettaient en lumière exactement ce qu'il fallait. La mission était terminée. Max ne sut jamais si c'était la vérité ou si Rouelle avait pris peur. Quoi qu'il en soit, c'était fini.

Après cela, Max n'osa plus jamais se rendre là-bas. Il avait toujours la sensation étrange que le Pater savait ce qu'il faisait à chaque instant. C'était certainement faux, il n'avait aucun moyen d'être dans la tête du garçon. Mais ce dernier ne voulait pas jouer avec le feu.

À partir de ce moment-là, il se focalisa sur sa nouvelle obsession, son nouveau but : s'enfuir de là pour trouver un moyen de découvrir à qui appartenait la photo et apprendre toute la vérité.

Suivre Max
(aujourd'hui)

Liza avait terminé sa journée. Après sa visite chez Rouelle, elle était retournée au lycée, puis enfin chez elle. Mais elle avait eu du mal à se concentrer sur ses cours. Elle pensait à Max. Elle se demandait qui il était, ce qu'il avait fait, pourquoi le Centre était après lui. Et surtout, comment il avait fait pour la voir.

Prétextant des devoirs à faire, elle s'enferma dans sa chambre. Du salon montaient les rires de ses petits frères. Pour ne pas être troublée par leurs cris, elle mit les écouteurs de son téléphone dans les oreilles et chercha dans sa musique un morceau calme, sans paroles. Quand elle est trouva, elle s'allongea sur son lit et ferma les yeux. Derrière ses paupières, elle fit remonter de sa mémoire les traits de l'adolescent qu'elle avait eu à pister plus tôt. Son visage lui revint très vite, et presque aussi rapidement elle parvint à le retrouver. Il était de dos, mais elle reconnut aussitôt sa tignasse épaisse et un peu décoiffée. Max. Liza observa son environnement. Il était dans une église. Est-ce qu'il priait ? Non, elle en était certaine. Elle s'avança, discrètement. Surtout, il ne fallait pas qu'il la détecte, cette fois. Elle s'enfonça dans les ombres des ailes, derrière les colonnes. Bientôt, elle put observer le garçon de profil. Il avait les yeux fermés. Appuyé contre le dossier en bois du banc, il était complètement détendu, comme s'il dormait. Mais Liza connaissait bien cet état. Ce n'était pas du sommeil, c'était de la transe. Max était en transe et il pratiquait la vision à distance.

Ce constat arracha la jeune fille de sa propre concentration, et elle ouvrit les yeux dans sa chambre. Elle avait retrouvé Max sans problème. Devait-elle prévenir Rouelle ? Il lui avait demandé de le suivre et de lui signaler où il se trouvait. Bon, une église... Elle n'avait pas prêté attention aux détails du bâtiment et, de toute façon, elle n'allait jamais à l'église. Les bla-bla religieux, ce n'était pas son truc ni celui de sa famille. Elle aurait été bien incapable de deviner dans quelle église il se trouvait.

En réalité, en faisant un petit effort, elle trouverait certainement un détail la mettant sur la bonne voie. Un dépliant à l'entrée, un panneau indiquant le nom du monument. Mais elle décida de ne pas le faire. Elle ne savait pas exactement ce qui l'empêchait de se précipiter sur son téléphone et d'appeler le Centre pour faire part de sa découverte, mais elle n'eut aucune réaction.

Au lieu de ça, elle retourna auprès de Max. Désincarnée, elle se cacha toutefois derrière une colonne pour l'observer. Il finit par ouvrir les yeux et se leva. Puis il remonta l'allée centrale entre les deux rangées de bancs, se dirigeant vers la sortie. Le plus discrètement possible,

Liza le suivit, restant cachée dans l'aile. Mais, au bout d'un moment, le garçon s'arrêta, pivota dans sa direction. Liza se pétrifia, prête à quitter sa transe, mais encore une fois elle décida de ne rien faire. Max la regardait. Il la fixait de ses grands yeux gris et tristes. Il lui fit un sourire mélancolique et lui dit à voix haute.

— Je peux te voir, tu sais ?

Ces quelques mots prirent Liza tellement au dépourvu qu'à nouveau elle fut déconcentrée et se retrouva dans sa chambre. Bien qu'elle n'ait pas bougé de son lit, son cœur battait la chamade, comme si elle venait de courir un sprint. Elle se redressa, arracha les écouteurs de ses oreilles et quitta sa chambre, troublée. D'un seul coup, elle ne voulait plus s'approcher de Max. Elle ne voulait plus le rejoindre dans la vision à distance.

Sa mère, dans la cuisine, préparait le dîner alors que les garçons, installés à table, dessinaient, ou plutôt gribouillaient avec des craies grasses toutes neuves.

— Tout va bien, Liza ?

— Oui, un peu fatiguée.

Sa mère hocha la tête et reporta son attention sur les patates qu'elle épluchait.

— Ça se voit. Tu es un peu pâle. Tout va bien au lycée ?

Liza arracha le quignon de la baguette posée sur le plan de travail et commença à le creuser pour en picorer la mie.

— On a pas mal de boulot, plus le Centre…

Sa mère posa son économe et s'essuya les mains sur le tablier qui ceignait sa taille.

— Tu sais bien que si ça fait trop, tu peux arrêter. Même si le petit revenu que ça nous apporte n'est pas négligeable, c'est ton bien-être qui compte. Le reste, c'est pas grave.

— Je sais, maman, mais j'aime aller au Centre. Ça m'intéresse ce qu'on fait là-bas, et je m'y suis fait des amis. Ce n'est pas ce qui me fatigue le plus.

— OK, OK… Tiens, en parlant de lycée, tu ne devineras jamais ce qui m'est arrivé aujourd'hui.

— Il t'est arrivé quelque chose ? Wow ! Un truc qui n'a rien à voir avec les jumeaux, rassure-moi…

La femme éclata de rire.

— Non, pour une fois, ça n'a rien à voir avec eux.

Elle jeta un coup d'œil sur les garçons, qui continuaient leurs œuvres d'art, assis sagement à table.

— J'ai rencontré un jeune de ton âge, un peu paumé, qui s'était perdu sur l'aire commerciale. Il m'a demandé de le ramener.

— Ah oui ? demanda Liza en s'attaquant à présent à la croûte de son morceau de pain. Il était sympa ?

— Très ! Plutôt mignon. Max. C'est son prénom.

À ces mots, Liza sursauta.

— Max ? Un brun ? Les yeux gris ?

— Oui, exactement ! Tu le connais ? Il était en classe avec toi ?

La jeune fille réussit à offrir un sourire à sa mère. Elle ne pouvait pas la tenir au courant de ce qui se passait au Centre. Ça faisait partie des règles qui lui étaient imposées. Tout était confidentiel et devait le rester.

— Oui… Tu l'as déposé où ?

— En ville, sur la place de l'Église.

— C'est cool.

— Oui, il était très gentil et poli. J'aurais dû lui demander son numéro pour m'assurer qu'il était bien rentré.

— C'est un grand garçon, il sait se débrouiller.

— Oui, tu as raison. On ne vous voit pas grandir…

Elle caressa affectueusement la joue de sa fille du dos de sa main et se tourna vers les garçons.

— Tom, Nathan, ça vous dit des frites pour ce soir ?

Les deux petits poussèrent des cris de joie.

— Je dois retourner faire mes devoirs, annonça Liza. Tu m'appelles quand le dîner est prêt ?

Sans attendre de réponse, elle retourna précipitamment dans sa chambre, le cœur battant. Cette fois, elle n'avait pas le choix. Elle devait prévenir Rouelle. Si jamais on apprenait, là-bas, que sa mère était impliquée dans une affaire concernant le Centre, même malgré elle, les choses pourraient mal tourner. Les mains tremblantes, elle prit son téléphone et appela là-bas, sans plus hésiter. Ça lui faisait mal au cœur. Entre sa propre impression et ce que lui avait dit sa mère, elle était certaine que Max n'avait rien fait de mal et ne méritait pas d'avoir le Centre, et Rouelle, à sa poursuite, mais elle ne pouvait plus faire autrement, même si elle se dégoûtait de trahir ainsi le jeune homme.

— Allô ? répondit le bureau d'informations.

— C'est Liza. Je dois parler à Rouelle, c'est urgent.

— Il est justement ici. Je te le passe, Liza.

Elle fut mise en attente quelques secondes avant qu'on décroche à nouveau.

— Rouelle à l'appareil.

— Monsieur, c'est Liza. Je sais où se trouve Max.

— Vraiment ?

— Il est ici, dans ma ville. Il a fait un arrêt à l'église,

puis il en est sorti il n'y a que quelques minutes, il ne peut pas être loin.

Il y eut un silence.

— Il a quasiment tourné en rond, souffla Rouelle, visiblement soulagé par la nouvelle. On va lui mettre la main dessus facilement. Merci Liza.

Puis il raccrocha.

Liza se mordit la lèvre inférieure. Elle n'avait fait qu'obéir à ses ordres, comme elle, faisait à chaque fois qu'on lui assignait une mission, mais pour la première fois elle se sentait mal, coupable.

Son téléphone toujours en main, elle se laissa tomber sur son lit.

Quoi faire ?

Elle hésitait. Puis d'un coup, elle n'hésita plus.

Évasion
(il y a deux jours)

Max avait continué à se comporter comme un enfant sage. Plus de coups d'éclat, plus de questions, plus rien qui pouvait alerter le Pater. Il avait suivi son emploi du temps sans rien dire. Il faisait ses devoirs avec soin, se montrait le parfait élève. Avec Rouelle, il était poli, respectueux. On l'avait envoyé en mission dans une autre entreprise. Quelque part au Canada, visiblement, vu les notes qu'il avait retranscrites pour son mentor. Il n'interrogea plus le Pater sur le laboratoire, ni sur le métier de chercheur. Mais, à chaque instant de ses journées, il cherchait la faille. Celle qui lui permettrait d'échapper à la surveillance permanente dont il faisait l'objet.

À chaque fois qu'il était seul à la maison, il vérifiait que tout était bien verrouillé. On ne sait jamais. Peut-être que, rassuré par l'attitude de l'adolescent, Rouelle se relâcherait et oublierait de l'enfermer. Mais non, il n'oubliait pas. Max eut droit d'aller au cinéma avec son professeur d'histoire-géo pour voir un film historique dont l'action se passait durant la Seconde Guerre mondiale. Pour une fois, le film l'intéressa. Les rôles principaux étaient tenus par des acteurs connus, il se passait plein de choses et les effets spéciaux était super réussis. Sur le chemin du retour, son professeur resta près de lui, ne le perdant pas de vue. Malgré la longue marche pour rentrer, il ne s'éloigna pas et ne relâcha pas son attention.

Rouelle habitait en bordure d'une petite ville où se trouvaient les activités du garçon : ciné, boulangerie pour son goûter, cours de krav-maga… C'était tout ce que Max avait vu en dehors de l'intérieur de la maison où il vivait, depuis son accident. Il ne savait rien de la région, de là où il se trouvait exactement. S'il avait eu accès à Internet, il aurait tapé le nom de la bourgade pour en apprendre plus, pour la situer sur une carte de France, voir de quelle grande agglomération elle était voisine. Mais il ne pouvait pas le faire. De ce fait, il ne savait pas où il se trouvait, quelles autres villes se trouvaient alentour. Quand il allait au Centre – ça n'arrivait que deux ou trois fois par an, pour sa visite médicale –, il repérait quelques noms, parfois, mais ils ne lui évoquaient rien. Il traversait la campagne, des champs, des vergers… C'était bien vague.

Enfin, l'opportunité qu'il attendait tant se présenta quand il s'y attendit le moins. Il sortait de son cours de krav-maga. Comme à chaque fois, il faisait sa pause à la boulangerie pour s'acheter un petit pain et du chocolat. L'homme du Centre qui veillait sur lui l'attendait à l'extérieur sans le quitter des yeux. La routine, encore et toujours.

Mais ce soir-là, alors que Max faisait la queue, il entendit un cri. Une femme venait de se faire renverser par une voiture en traversant la rue. Ce n'était visiblement pas trop grave : elle était déjà redressée, assise sur le bitume, en faisant des gestes pour montrer que ça allait, mais toutes les personnes présentes s'étaient précipitées pour l'aider, s'assurer qu'elle n'avait rien, dont son cerbère du Centre. Ce dernier était accroupi près de la victime et tournait le dos à la boulangerie.

Max n'hésita pas. Ce fut comme un réflexe. Sans passer sa commande, avec seulement ses dix euros en poche et son sac de sport sur le dos, il se précipita à l'extérieur de la boutique, tourna au premier angle dans une ruelle en courant le plus vite possible. Il se perdit dans la ville, choisissant son parcours au hasard. Derrière lui, il n'y avait aucun bruit de course, aucun cri pour l'arrêter. Il parvint à la gare, devant laquelle une multitude de bus s'apprêtaient à partir pour déposer les passagers à leurs destinations. Max grimpa dans le premier, paya son ticket et s'assit tout au fond, se tassant sur lui-même pour éviter qu'on le voie de l'extérieur. Enfin, le car démarra et s'éloigna de la gare. Il traversa une partie de la ville. Max aperçut, par la vitre, son gardien du Centre qui courait, un téléphone collé à l'oreille. Il ne fit pas attention au véhicule ni à ses occupants.

Enfin, ils quittèrent la ville et suivirent une route au milieu des champs. Max put enfin respirer. Il ne savait pas où il allait, mais il s'éloignait de chez lui, du Pater, de sa prison. Cette fois, il allait pouvoir agir et commencer à chercher des réponses.

Il n'avait pas vraiment d'idée sur la manière dont il allait s'y prendre. Tout était arrivé trop vite, sans même savoir, deux minutes avant qu'il ne détale, qu'il allait le faire. Mais il trouverait. Il lui fallait un ordinateur et une connexion Internet. Ensuite, il verrait bien.

Le bus avait effectué plusieurs arrêts pour embarquer et débarquer des voyageurs. La campagne était baignée dans la pénombre quand le bus arriva à son terminus, c'était quasiment la nuit. Ils étaient dans une ville plus grande que celle près de laquelle Max vivait.

Tout le monde descendit sur une vaste place. Max suivit le mouvement, puis, sans hésiter, il s'éloigna de l'esplanade pour se perdre à nouveau dans des rues inconnues, qui se vidaient à mesure que la soirée devenait plus sombre. C'est ainsi qu'il se trouva, essoufflé dans une impasse, au pied d'un immeuble de cinq étages qui allait abriter sa première nuit de fuite…

LA CHASSE EST OUVERTE (aujourd'hui)

Après avoir raccroché, Rouelle ne perdit pas de temps. Max n'était qu'à quelques kilomètres du Centre. Sans le savoir, dans sa fuite à l'aveugle, le garçon s'en était rapproché. Et cela arrangeait bien les affaires de l'homme gris.

En aboyant ses ordres, il rassembla son équipe. En quelques instants, toute une troupe courait sur le parking du bâtiment moderne, immaculé et équipé de grandes vitres, isolé au milieu de la campagne. Les hommes se répartirent dans quatre voitures qui s'élancèrent, pneus crissant, sur la route. Ils foncèrent sans s'inquiéter des limites de vitesse, leurs phares blancs hachant la nuit de traits éblouissants.

Il ne leur fallut que quelques minutes pour parvenir dans le centre-ville où Max avait été déposé par la mère de Liza. Toutes les voitures s'arrêtèrent sur la place de l'église, et ses occupants en sortirent, équipés de lampes torches, des oreillettes Bluetooth clignotant sur le côté de leurs visages. Rouelle était au téléphone. Il avait rappelé Liza.

— J'ai besoin que tu le retrouves. Il ne peut pas être loin. Mets la main dessus, dis-moi où il se cache dans la ville. D'accord, j'attends ton coup de fil.

Liza, enfermée dans sa chambre, raccrocha, les mains tremblantes. Elle était vraiment persuadée que prévenir Rouelle avait été une grosse erreur. Elle n'aimait pas ce type, et Max n'était qu'un ado, comme elle. Gentil et sympa, si elle en croyait sa mère. Qu'est-ce qu'on lui voulait ? Que fuyait-il ?

Elle s'allongea sur son lit. Derrière la porte, elle entendait sa mère qui chantonnait en donnant le bain aux jumeaux. Son beau-père n'allait pas tarder à rentrer du travail, et ils dîneraient tous les cinq ensemble, en famille, comme tous les soirs. Le quotidien rassurant. Pendant ce temps, Max serait traqué dans les rues de la petite ville. Et s'il se faisait prendre, que lui arriverait-il ?

La jeune fille ferma les yeux, tenta de réfréner les battements de son cœur. Elle se força à se concentrer sur sa respiration, sur chacune des parties de son corps. Sa tête, son cou… Elle descendait au fur et à mesure, détendant ses muscles afin de se calmer. Enfin, elle parvint à retrouver un peu de sérénité, suffisamment pour visualiser Max derrière ses paupières closes. Ce n'était pas la photo du Centre à laquelle elle se référait pour établir la connexion, mais le jeune homme tel qu'elle l'avait vu un peu plus tôt, grand, mince, pâle dans la pénombre de l'église, son regard triste, mais décidé.

Elle le retrouva aussitôt. Il courait dans une petite rue derrière le centre-ville. Il passa devant un vieux magasin qui vendait des articles pour la maison. Son propriétaire était aussi poussiéreux que sa boutique, mais il était gentil. Liza savait exactement où il était. À cinq cents mètres de chez elle.

— Max ! l'appela-t-elle.

Puisqu'il lui avait parlé un peu plus tôt, il devait pouvoir l'entendre, non ?

Et en effet, il s'arrêta et se retourna vers elle. Ça lui faisait vraiment bizarre de se dire qu'il pouvait la voir. Jamais elle n'avait dû faire face à ce genre de situation. Ce garçon devait vraiment être spécial. C'est pour ça que le Centre le voulait absolument ?

Haletant, sa respiration formant des petits nuages saccadés dans l'air froid, il lui demanda :

— Qu'est-ce que tu me veux ? Tu as dû dire à Rouelle où je me trouvais, non ?

Elle secoua la tête.

— Il sait que tu es ici, mais pas où exactement. Je ne sais pas ce qu'il te veut, pourquoi il te pourchasse comme ça.

Max se cacha dans un renfoncement de porte. Aussitôt, la jeune fille se déplaça et apparut devant lui, tel un spectre flottant dans la pénombre. L'immeuble d'en face se devinait à travers son corps fin et translucide. Elle avait l'air effrayée, plus que lui, curieusement.

— Il veut me récupérer pour continuer à faire de moi son cobaye, pour ses expériences de vision à distance, chuchota Max.

Ses yeux fouillaient les ombres de la nuit, guettant le moindre mouvement, se méfiant visiblement de celle qui lui posait les questions. Et si elle faisait cela pour le retarder ?

— Il m'a menti, il m'a dit que mes parents étaient

morts dans un accident de voiture. Et visiblement, on a fait croire à mes parents que moi j'étais décédé dans ce même accident. Mais en fait Rouelle m'a kidnappé, en quelque sorte. Il a prétendu s'occuper de moi, mais il me garde prisonnier chez lui.

Les yeux de Liza s'élargirent.

— C'est vrai ? C'est horrible !

— Et toi, tu es qui ? Tu es une de ses esclaves aussi ?

Elle haussa les épaules.

— Je suis une élève du Centre, il m'a demandé de te retrouver. Mais...

— Mais quoi ?

— Ma mère t'a pris en voiture tout à l'heure, à la station-service.

— C'était ta mère ?

— Oui ! Elle m'a raconté votre rencontre. J'ai tout de suite compris qu'il s'agissait de toi. Je...

Elle tourna la tête.

— Elle m'appelle justement, c'est l'heure du dîner. Écoute-moi bien. Je vais mettre Rouelle sur une fausse piste. Toi, tu vas continuer tout droit, jusqu'au conservatoire. Tu ne peux pas le louper, il y a une clef de sol sur la porte. Tu tournes à gauche. Tu vas arriver rue Molière. OK ? J'habite au numéro 48. La porte du jardin n'est pas verrouillée. Tu peux entrer sans problème. Cache-toi derrière la cabane à outils, je t'y retrouve, d'accord ? Je m'appelle Liza, au fait.

— Qui me dit que ce n'est pas un piège ?

— Fais-moi confiance, s'il te plaît. Tu as fait confiance à ma mère ? Je te promets, sur la tête de mes petits frères, que je ne veux pas te piéger.

Max repensa aux petits jumeaux et leurs grands sourires dans leurs sièges auto. Il avait envie de lui faire confiance, d'avoir une alliée. Il était seul depuis si longtemps ! Finalement, il se décida. Il ne pourrait pas passer la nuit dehors avec cette température, de toute façon. Il lui fallait une autre option, et la jeune fille lui en offrait une, miraculeusement.

— Bon, d'accord. J'arrive.

Liza lui sourit et se dématérialisa.

Quand elle rouvrit les yeux dans sa chambre, elle s'empressa d'appeler Rouelle.

— Monsieur, c'est bon, je l'ai trouvé !

— Où est-il ? On sillonne tout le centre-ville. Pour l'instant, on ne l'a pas trouvé.

— Il s'est éloigné du centre. Il se dirige vers l'école primaire.

Liza avait été élève dans cette école. L'établissement était situé à l'opposé de là où se dirigeait Max.

Cela lui laisserait un peu de répit pour arriver jusque chez elle. Elle ne savait pas pourquoi elle faisait cela. Si jamais Rouelle le découvrait, elle serait virée du Centre. Elle aurait certainement des ennuis, et sa famille aussi. Mais il y avait quelque chose qui la poussait à aider Max. Son regard triste ? Ce que sa mère lui avait dit ? Ce que lui-même lui avait raconté ? En réalité, cela n'avait pas d'importance. Max pourrait être un copain de classe qui aurait des ennuis, et elle ne pouvait pas le laisser tout seul en pleine nuit, avec toute l'équipe du Centre à ses trousses. Qui sait ce qu'il adviendrait de lui ?

Rouelle criait des ordres à l'autre bout de la ligne.

— Tu es sûre de toi ?

— Je pense que oui. Après, il fait très sombre, et j'espère ne pas m'être trompée, mais je crois que c'est lui. Mais faites vite ! De cette position, il peut se perdre dans la campagne, il sera moins facile à trouver.

— Merci.

Et Rouelle raccrocha. Liza avait dit vrai. L'école primaire était à la périphérie de la ville. Après, c'étaient des champs et des bosquets d'arbres sur des kilomètres. En pleine nuit, il y faisait très noir, et il était facile de se glisser entre les parcelles, sur des petits chemins inaccessibles en voiture, et de se cacher.

Discrètement, elle sortit de sa chambre. Sa mère était encore dans la salle de bains avec Tom et Nathan. Elle l'avait prévenue qu'ils dîneraient dans cinq minutes, le temps d'habiller les jumeaux. Liza remonta le couloir, ouvrit la porte de la cuisine qui donnait sur le jardin et se glissa dehors. Il faisait froid, et des nuages de buée se formaient devant son visage à chaque respiration. Elle avait le cœur qui battait trop fort et elle tournait dans sa tête les événements des dix dernières minutes en se demandant ce qu'elle avait fait. Elle était complètement folle ! S'opposer à Rouelle, c'était du délire ! Mais, malgré son angoisse, elle était persuadée d'avoir bien agi et s'avança vers la cabane à outils d'un pas décidé.

Rencontre

(aujourd'hui)

Liza resserra les pans de son ample gilet qui flottait autour de sa silhouette trop fine et repoussa une mèche de ses cheveux clairs. Elle tentait de percer les ombres de la nuit pour y déceler une silhouette.

Enfin, elle entendit un léger grincement qui indiquait que la porte du jardin avait été poussée. Ça pouvait être son beau-père, mais elle reconnut Max immédiatement. Il portait un sweat à capuche sombre et un jean, des baskets, un sac à dos, exactement comme elle l'avait vu dans sa vision. Il se dirigeait avec précaution vers la cabane à outils où étaient rangés les pelles, râteaux et tondeuse, ainsi que les jouets d'extérieur des jumeaux.

Elle rejoignit le jeune homme qui l'attendait là, accroupi pour ne pas être visible. Elle l'imita, et il sursauta en la voyant surgir devant lui.

— C'est moi, Liza.

— Tu m'as fait peur !

— Désolée…

Il lui sourit. Il était vraiment mignon. La lumière de la cuisine leur parvenait faiblement, mais elle pouvait distinguer ses traits réguliers.

— Merci de faire tout ça pour moi, chuchota-t-il en se penchant vers elle.

— Arrête, c'est normal. En même temps, je me dis que je suis folle de m'opposer à Rouelle, mais il n'en sait rien pour l'instant.

— Rouelle est un sale type, un menteur, affirma Max avec une pointe d'amertume dans la voix.

— Raconte-moi ton histoire avec plus de détails que tout à l'heure, murmura Liza.

Elle grelottait, mais elle voulait savoir si elle avait raison d'aider Max avant d'aller plus loin dans sa folie.

Rapidement, en frottant ses mains pour les réchauffer, le garçon s'exécuta. Il lui raconta sa vie d'avant, avec ses parents et Morgane. L'accident, le jour Zéro quand il s'était réveillé à l'hôpital. Les expériences de Rouelle, jusqu'à son installation chez lui. Sa vie confortable, qui lui paraissait rassurante au départ, mais qui, le temps passant, l'étouffait de plus en plus. La photo de lui avec sa famille sur le bureau au laboratoire. Sa fuite, la découverte de la vérité sur Facebook plus tôt dans la médiathèque. Liza l'écoutait attentivement, ses bras entourant son torse, comme pour se rassurer elle-même. Accroupis ainsi tous les deux, derrière la cabane à outils, ils oubliaient le froid et le monde autour d'eux. Il n'y avait que les mots de Max, les images qu'ils évoquaient qui prenaient vie et consistance dans l'esprit de la jeune fille. Liza était horrifiée par ce qu'elle apprenait.

Était-il possible de détruire la vie de quelqu'un de la

sorte ? Et dans quel but ? Si tout cela était vrai, Rouelle était un vrai monstre !

Cette fois, elle était décidée : elle allait aider Max. Tant pis pour le Centre, et pour le reste. Il fallait que son nouvel ami retrouve sa famille.

Une fois qu'il eut fini son histoire, elle lui fit signe de le suivre à l'intérieur de la maison.

— Je ne peux pas faire ça, Liza. Si Rouelle venait chez toi ? Tu imagines les problèmes que tu aurais ?

Elle lui fit un sourire à travers les mèches de ses cheveux qui tombaient devant son visage.

— Il ne viendra pas. C'est une règle au Centre : il ne se mêle jamais de notre vie de famille. C'est comme ça. Tout est très séparé. Il peut m'appeler, il peut me convoquer, mais il ne viendra pas.

— Pourquoi cette règle ?

— Il ne veut pas mêler les activités du Centre avec le privé. Chaque chose à sa place, c'est comme ça qu'il fonctionne… C'est une façon de nous protéger (et de se protéger aussi). Les deux mondes ne se mélangent pas et restent bien distincts l'un de l'autre.

Liza poussa la porte de la cuisine. Sa mère y était de retour et achevait les préparatifs du dîner.

— Maman, regarde qui j'ai trouvé !

Elle s'écarta pour laisser passer Max.

— Max ! Mais… Qu'est-ce que tu fais là ? Tu t'es encore perdu ?

Malgré lui, malgré la situation, le garçon éclata de rire.

— Non, pas du tout !

Mais il était bien incapable d'expliquer ce qu'il faisait là. C'était quoi, le plan de Liza, exactement ?

Heureusement, elle vint à sa rescousse.

— Ça m'a mis la puce à l'oreille quand tu m'as parlé de lui, tout à l'heure. Et j'avais raison, c'est bien lui ! Il est en cours de dessin avec moi ! Je l'ai appelé pour lui proposer de passer dîner, vu que tu t'inquiétais pour lui. Comme ça, tu ne te préoccuperas plus de savoir comment il va.

— Je croyais que tu n'avais pas de téléphone ?

C'était ce qu'avait expliqué Max : il n'avait pas droit au téléphone portable.

— Maman, il a une ligne fixe, quand même !

— Oui, voilà, elle m'a appelé à la maison.

Finalement, la femme sourit à son invité surprise.

— Eh bien, c'est parfait ! Je suis heureuse de voir que tu vas bien. Bienvenue chez nous. Je fais des frites maison et du poisson pané, style *fish & chips* anglais, ça te va ?

— Tout me va !

Et il ne mentait pas : il mourait de faim et il était gelé. Il avait du mal à croire en sa chance. Alors qu'il y avait encore à peine quelques minutes il se demandait ce qu'il allait devenir, il se retrouvait au chaud, à l'abri, chez des gens sympathiques et accueillants.

D'un seul coup, une nostalgie énorme le submergea : il n'avait pas eu de dîner de famille depuis trois ans. Le soir, il mangeait en silence en face de Rouelle, qui avalait son repas sans dire un mot et le plus vite possible, comme si manger était un besoin, désagréable, sur lequel il n'avait pas envie de passer plus de temps que nécessaire.

Le beau-père de Liza arriva à ce moment et ne posa aucune question : il savait que Liza avait plein d'amis, entre le lycée, le Centre et ses diverses activités artistiques. Il ne s'étonnait plus de rien venant de sa belle-fille si spéciale.

Avant de passer à table, Liza entraîna Max dans sa chambre. Ses murs étaient tapissés de dessins qu'elle avait réalisés elle-même.

— Wow ! Tu te débrouilles super bien ! s'exclama Max, impressionné par le coup de crayon de la jeune fille.

— Merci. C'est ma passion, le dessin. J'espère faire une école d'art, après le bac. Et toi ?

Max s'assit sur le lit, et ses yeux se perdirent dans le vague.

— J'adore dessiner aussi, murmura-t-il, mais je n'ai jamais vraiment réfléchi à plus tard. Depuis deux ans, je suis l'arme secrète de Rouelle. Je ne suis même pas certain qu'il m'aurait laissé faire quelque chose que j'aime. Peut-être des études qui auraient été en rapport avec mon don, notre don, je veux dire.

Liza s'assit près de lui. Sous ses allures excentriques, ses vêtements bariolés et les mèches roses qui surgissaient sans ordre, son anneau dans la narine… elle cachait une réelle empathie avec les personnes dans le malheur et manifestait une propension à leur venir en aide. Elle n'était certes pas conventionnelle, mais pour Max c'était la personne la plus gentille et la plus généreuse qu'il rencontrait depuis des années.

Elle tourna son visage vers lui et lui offrit un sourire un peu triste.

— C'est dingue ton histoire…

Son téléphone sonna à ce moment, les faisant sursauter.

Elle regarda l'écran, et ses yeux d'un bleu azur s'élargirent.

— C'est Rouelle, il doit savoir que tu n'es pas là où je l'ai envoyé.

— Reste calme, je peux très bien avoir fermé mon esprit. Il sait que je peux voir les gens qui sont aussi en vision près de moi. Dis-lui que je t'ai vue et que je t'ai fermé mon esprit.

— OK, pourvu qu'il me croie !

Liza inspira bruyamment et décrocha.

— Monsieur ?

La voix de Rouelle résonna en paroles inaudibles dans le combiné. Max, malgré lui, se tendit. Jusqu'ici, le timbre du Pater ne l'avait jamais dérangé, mais là le côté un peu nasal qui ressortait quand il était énervé lui parut insupportable.

— Je ne peux pas, monsieur, répondit Liza avec un calme étonnant. Je crois qu'il a fermé son esprit. Je vous avais dit qu'il me semblait qu'il m'avait vue, à la médiathèque. Il m'a aperçue également quand je le traquais dans les rues et il sait que je le cherche. Oui, bien sûr que c'est possible ! Enfin, c'est la première fois que ça m'arrive, mais c'est aussi la première fois que quelqu'un peut me voir en pleine vision, alors je me dis qu'il arrive peut-être à faire d'autres trucs. Genre, je suis près de lui par la pensée, mais c'est comme s'il n'était pas là, parce qu'il arrive à se masquer à ma vision. Oui, il faut demander à quelqu'un d'autre, quelqu'un qu'il ne connaît pas. Adrien ? Oui, il se débrouille. Demain… Oui, je serai au Centre et j'en parlerai avec lui. Ne vous en faites pas. Pas de problème. Je suis désolée, monsieur. Bonne soirée.

Liza lâcha son téléphone sur son oreiller et se laissa

tomber en arrière sur le lit en poussant un soupir de soulagement.

— Ouuuuuf ! J'ai eu trop peur !

— Tu lui as menti avec un aplomb hallucinant !

Elle redressa juste sa tête et lui fit un grand sourire satisfait.

— Je suis devenue imbattable en matière de mensonges. Mon père est un sale type, tu sais. Avant, je passais une semaine sur deux chez lui, et tout était super compliqué. Pour être tranquille, j'étais obligée de lui mentir tout le temps.

— J'ai du mal à imaginer ta mère être avec un sale type.

Liza haussa les épaules.

— On fait tous des conneries dans la vie. Mais au moins, grâce à cette bêtise, je suis là, et c'est cool !

Max eut un petit rire. Il aimait le côté positif de sa nouvelle amie.

— Pourquoi tu fais ça pour moi ? lui demanda-t-il sur un ton plus sérieux.

La jeune fille se rassit et le regarda droit dans les yeux, peut-être pour lui montrer que cette fois elle ne mentait pas et lui disait toute la vérité :

— Je ne sais pas. Mais je crois que j'ai senti quelque chose chez toi… Peut-être que c'est un autre don que je possède qui pourrait intéresser les gens du Centre, mais j'ai découvert que je suis très forte pour sentir les gens, pour savoir qui ils sont, dans leur âme, un truc comme ça. Ouais, je sais, c'est bizarre, exprimé ainsi, et je te promets que je ne prends aucune drogue !

Encore une fois, Max éclata de rire.

— Je te crois. Je vis moi-même des choses assez bizarres pour ne plus m'étonner de rien.

Ils laissèrent passer un temps de silence.

— Et cet Adrien, il a quoi de spécial ?

Liza s'esclaffa.

— Ne t'en fais pas pour ça. Je vais lui parler demain. Il est hyper cool et il déteste Rouelle. Si ça n'était pas pour le salaire coquet que le Centre lui verse, il aurait déjà tout envoyé balader. Mais il a arrêté ses études assez tôt, c'était pas son truc. Par contre, ses capacités sont incroyables. Il fait un peu de vision à distance, mais son vrai point fort, là où il assure, c'est qu'il est surtout capable aussi de faire de la bilocation.

— De la quoi ?

— De la bilocation[1]. Il peut être à deux endroits en même temps. C'est assez dingue. Honnêtement, si je ne l'avais pas vu de mes yeux, je n'y croirais pas. Par exemple, ce soir, il est chez lui. Je peux l'appeler et lui demander de venir nous voir. Et hop, il sera là, devant nous, alors qu'il est en même temps chez lui…

— Wooow… murmura Max.

— Ouais, je sais, c'est dément. Quand je suis au Centre, j'ai l'impression qu'on est tous des aliens et qu'on débarque d'une planète où on possède tous des pouvoirs à la X-Men. Mais tu sais, le problème de la bilocation, c'est que ça manque de discrétion. Adrien ne peut pas devenir « espion », comme nous. On le repère trop facilement. Il se contente de jouer les messagers pour faire passer des

[1] La bilocation est la capacité pour une personne à être présente en deux endroits différents au même moment. L'histoire a relaté plusieurs cas de bilocation (réels ou pas, selon ce que chacun veut croire !) à plusieurs époques et dans plusieurs pays différents.

informations importantes en les donnant directement à la personne concernée. C'est pratique, mais je sais qu'au Centre ils sont plus à la recherche de gens comme nous, pour rester invisibles aux yeux de tous…

— Comment tu as su, pour tes capacités ? Comment tu es arrivée au Centre ? demanda Max en sautant du coq à l'âne.

— Je faisais des rêves bizarres. J'en ai parlé à ma mère, qui s'inquiétait que je sois traumatisée par mon père. Je veux dire, il se droguait devant moi, il amenait des nanas bizarres à la maison… Bref, c'était pas terrible. Donc, elle m'a emmenée voir un psy. Je lui ai parlé de mes rêves, et il m'a dit que c'était comme si je me projetais ailleurs la nuit. Je ne sais pas comment l'information est remontée jusqu'à Rouelle, mais, il y a quatre ans de cela, il a sonné à la porte et a demandé à me tester. Quand il a eu la confirmation que je faisais de la vision à distance sans le savoir, il a parlé du Centre à ma mère. Elle n'était pas vraiment d'accord au départ, mais Rouelle lui a dit que ça lui rapporterait de l'argent. Ça lui a permis de ne plus demander de pension à mon père et de faire changer les conditions de visite. Comme ça, je n'ai plus eu à subir ses débordements malsains. En fait, maintenant, je suis très contente d'être au Centre. J'adore être capable de faire ces choses-là, je me sens un peu spéciale, et ça m'aide aussi pour le dessin. Quand je veux représenter quelque chose en particulier, par exemple un temple au Japon, j'ai juste à y aller. J'utilise une photo sur le Net pour m'aider à me projeter, mais une fois sur place je peux voir tous les détails, je peux faire le tour du bâtiment, entrer dedans… C'est vachement économique comme moyen de voyager !

— Ça c'est sûr ! répondit Max.

Il se rendit compte qu'il avait été tellement conditionné par le rythme de ses plongées de vision par le Pater qu'il n'avait jamais eu l'idée de l'utiliser pour faire des choses pareilles. Et puis il n'avait pas Internet pour l'aider à visualiser des endroits différents de ses missions.

— Et toi ? Comment tu as su que tu avais ça en toi ? demanda doucement Liza.

— Je ne le savais pas.

Max resta silencieux un moment, tentant de se raccrocher à un souvenir sur lequel il ne s'était jamais arrêté avant, et qui semblait appartenir au domaine des rêves.

— Rouelle m'a dit que c'était à cause de mon coma, de mon expérience de mort imminente... Mais en fait...

Il s'interrompit à nouveau. Avant de reprendre la parole, il fixa Liza, les yeux écarquillés par ce qu'il venai de réaliser.

— Oh non...

— Quoi ?

— Je me souviens ! Je n'y ai jamais fait attention, parce que c'est arrivé il y a longtemps, et on n'en a jamais reparlé, mes parents et moi, mais... je faisais aussi des rêves étranges. J'en ai parlé à mon père une ou deux fois. Il était... est... médecin. Je lui disais que j'avais l'impression de me retrouver dans la maison de retraite de ma grand-mère, quand elle était encore en vie, et que j'allais la voir dans sa chambre. Une nuit, j'étais là-bas dans mon rêve et j'ai vu qu'elle n'allait pas bien, qu'elle était en train de partir. Je me suis réveillé en sursaut, en criant. Mes parents sont venus me voir, et je leur ai raconté. Quelques minutes plus tard, on les appelait pour leur dire que mamie était morte. Des trucs comme ça... D'autres dont je ne me souviens plus. Mais on pensait que c'était un hasard, que j'étais hyper sensible. Puis, j'ai enfoui ça dans un coin de ma tête. Ça ne paraissait pas important, à l'époque, puis j'ai grandi, ça s'est arrêté, jusqu'à ce que Rouelle vienne me trouver et me fasse faire tout un tas de tests après l'accident. Il a commencé dès mon réveil à l'hôpital. Comment il a su ?

Liza fronça les sourcils.

— Ce n'est pas un hasard, Max, ce serait dingue. Si c'est comme pour moi, il a appris, pour tes rêves. Peut-être que ton père en a parlé à quelqu'un et que c'est remonté jusqu'à lui.

— Mais alors, pourquoi il ne m'a pas proposé de venir au Centre, comme pour toi ? Pourquoi avoir attendu de le faire après l'accident ? Et pourquoi il m'a fait croire que mes parents étaient morts ?

— Ça, il va falloir qu'on le découvre ensemble...

ADRIEN
(aujourd'hui)

Le jeune homme était en train de chercher quelque chose sur Internet, devant son poste de travail, au Centre. Il était salarié de cet organisme et il y passait ses journées, comme tout employé qui se respecte. Sauf que son job était un peu particulier.

Une des élèves qui venait ici quasiment tous les jours après le lycée vint s'asseoir à côté de lui en silence. C'était Liza. Il l'aimait bien. Elle venait souvent lui parler, rigoler avec lui, ça lui faisait une petite récré dans sa journée. Elle était amusante, sympa, un peu déjantée parfois. Elle mâchait un chewing-gum sans discrétion et enroulait une mèche de cheveux roses autour de son index, comme pour lui faire comprendre qu'elle attendait qu'il lui accorde un peu d'attention.

Il finit par faire pivoter son fauteuil vers elle.

— Qu'est-ce que tu veux, Mistinguett ?

— Adrien, tu sais que je t'adore, tu es trop top, génial et exceptionnel…

— Oui... Quelle faveur es-tu en train de me demander ?

Son sourire, très blanc contre sa peau très noire, était éclatant et amusé.

Il portait une coiffure afro énorme, dessinant un halo sombre et vaporeux autour de son visage ouvert, lui donnant l'air d'être tout le temps de bonne humeur.

Liza lui donna une tape sur l'épaule.

— Je savais que toi et moi on se comprendrait.

Elle se rapprocha encore plus de lui en faisant rouler la chaise sur laquelle elle s'était laissée tomber un peu plus tôt, et jeta un regard alentour pour s'assurer que personne ne pouvait les entendre.

— Tu as toujours la haine contre Rouelle ?

— Plus que jamais. Ce bonhomme est un sale type, et je le soupçonne en plus d'être raciste. Si je n'avais pas toutes ces capacités qui lui rendent bien service, il ne m'aurait jamais embauché.

— Tu veux trouver un moyen de l'agacer sans te faire trop remarquer ?

— Yep, ce serait cool. Tu mijotes quoi, là ? Rien d'illégal, hein ? Tu sais que je suis respectueux de la loi.

Liza secoua la tête et lui fit son sourire le plus charmeur possible. Elle savait qu'elle était mignonne, on le lui disait souvent, et elle avait une ribambelle de garçons à ses pieds au lycée. Autant en profiter un petit peu, une fois de temps en temps.

— Rouelle va te demander de retrouver un garçon, Max. Il faut que tu fasses en sorte qu'il ne lui mette pas la main dessus.

— Et pourquoi ça ?

— Rouelle lui a fait croire, pendant trois ans, que ses

parents étaient morts pour profiter de sa vision à distance qui, visiblement, est particulièrement forte. En attendant, Max a cru qu'il était orphelin et que toute sa famille était décédée dans un accident de voiture. Rouelle l'a fait vivre chez lui et lui a interdit d'avoir un téléphone portable, ou un ordi, ou même de sortir de chez lui, afin qu'il ne sache pas la vérité.

Adrien ouvrait des yeux gros comme des soucoupes.

— Sérieusement ? Il a fait ça, le vieux ? C'est dégueulasse !

— On est bien d'accord là-dessus. Max a réussi à s'enfuir et il cherche ses parents, et à comprendre ce qu'il s'est vraiment passé. Il faudrait lui accorder quelques jours, deux ou trois, juste le temps qu'il les retrouve. S'ils sont toujours vivants, Rouelle ne pourra pas le garder chez lui comme un prisonnier.

Adrien tira en arrière ses cheveux, ce qui les aplatit et lui fit une drôle de tête.

— C'est une histoire de fou ! Tu es sûre que le vieux va me demander à moi de le retrouver ?

— Ouaip, c'est moi qui lui ai dit de le faire. J'ai inventé un truc pour ne plus avoir à traquer Max, et donc qu'il lui fallait prendre quelqu'un d'autre pour sa corvée.

— Et il est où, ce Max, là ?

— Il a dormi en cachette à la maison. Il a dîné chez moi, puis il a fait semblant de partir, et il est rentré par la fenêtre de ma chambre. Il a dormi par terre, sur la moquette. Il était content, il avait peur de passer la nuit dehors. On a attendu que mon beau-père parte au boulot et que ma mère accompagne les jumeaux à la crèche pour qu'il puisse filer. Je lui ai donné un peu de thune, et il a pris le premier train pour Paris qu'il trouvait.

Son ami se mordilla la lèvre inférieure, puis se remit à sourire de toutes ses dents, qui semblaient plus nombreuses que la normale.

— Ça me plaît trop, ça. Entourlouper Rouelle… Et s'il a vraiment fait ça… L'enfoiré… Ça serait pas mal de lui faire payer. Tu peux compter sur moi, Mistinguett ! Je suis partant.

— Ça ne te fait courir aucun risque, hein ? Par rapport à ton boulot ?

— T'inquiète pas pour ça, je suis intouchable. Je suis le seul à faire de la bilocation ici, et ils en ont trop besoin. En plus, Rouelle est important, certes, mais c'est pas lui le grand patron. Il est juste un petit patron. Et s'il a fait un truc aussi énorme que de kidnapper un gosse et de le séquestrer, c'est lui qui a à craindre pour son grade !

Adrien éclata de rire et frappa ses jambes de ses mains. Visiblement, la situation le réjouissait énormément. C'était là-dessus que Liza comptait et elle était bien heureuse d'avoir fait le bon choix en aiguillant Rouelle sur Adrien. À trois, ils seraient plus forts. Max avait toutes les chances d'arriver à son objectif.

Toute contente, elle fit une énorme bulle de chewing-gum, qu'elle laissa éclater bruyamment.

À ce moment, le téléphone d'Adrien sonna.

— C'est le vieux… Je crois que c'est l'heure de la grande comédie, dit-il à Liza en lui faisant un clin d'œil.

La jeune fille le lui rendit et s'éclipsa pour le laisser gérer la suite de l'histoire en toute tranquillité.

Issy-les-Moulineaux
(aujourd'hui)

Max avait du mal à croire à sa bonne étoile. Hier soir, il était perdu, frigorifié, affamé, effrayé à l'idée que Rouelle et ses hommes lui mettent la main dessus. Il ne savait pas comment faire pour se rendre à Paris, et voilà qu'aujourd'hui il était dans un train vers la capitale. Il n'en avait que pour une petite heure et il avait un billet en règle, donc il était serein. Il serait vite là-bas, et ensuite à Issy-les-Moulineaux. La vie l'avait bien aidé en le mettant sur le chemin de Liza. Cette fille était vraiment extraordinaire : sympa, généreuse, talentueuse et amusante. La veille, après le dîner, il avait remercié la famille de son amie et il avait quitté la maison. Mais, après avoir disparu de leur vue, dans un angle du lotissement, il y était retourné et s'était caché dans le jardin jusqu'à ce que Liza lui ouvre la fenêtre de sa chambre, qui était heureusement au rez-de-chaussée, et il avait pu passer la nuit chez elle. Comme elle possédait sa salle de bains privée – c'était en compensation d'avoir à se coltiner deux petits frères d'un coup, avait-elle expliqué – il avait même pu prendre une douche bienvenue et changer de T-shirt, Liza en avait un bien trop grand pour elle acheté à un concert de rock, un an auparavant. Il ne restait plus que la taille XL en vente, et elle l'avait quand même pris, même si elle ressemblait à une crevette congelée lorsqu'elle le portait, selon ses propres mots. Il avait dormi sur la moquette, mais cela ne l'avait pas dérangé. Un coussin et une couverture lui avaient suffi à se sentir bien, au chaud, et c'était bien mieux que de passer la nuit dehors à mourir de froid. Ils avaient chuchoté jusque tard dans la nuit. Les parents dormaient à l'étage, et leur chambre se situait à l'opposé de celle de Liza. Ils ne pouvaient donc rien entendre de leurs bavardages. Max et Liza s'étaient confiés, beaucoup de choses, des secrets, des souvenirs. C'était comme s'ils se connaissaient depuis toujours. Et ils avaient bien ri aussi.

Max avait retrouvé le plaisir simple de partager un moment avec quelqu'un de son âge. Une personne qui le comprenait d'autant mieux qu'elle partageait avec lui la même particularité.

Sa mère, quand il était plus jeune, lui disait tout le temps qu'il n'y avait pas de hasard. Que la vie nous menait toujours là où on devait se trouver, même si on ne le comprenait pas tout de suite. Avant de s'endormir, en écoutant la respiration calme de Liza, il s'était dit qu'elle devait avoir raison. Autrement, comment aurait-il pu être là, dans cette chambre, protégé par celle-là même qui devait le retrouver et le rendre au Pater ?

C'est en souriant qu'il finit par sombrer dans le sommeil.

Et voilà, il était dans le train. Son roulis régulier le berçait, et ses pensées s'égaraient vers Liza. D'un seul coup, sans y prendre garde, il se trouva près d'elle. Elle était en cours et semblait s'ennuyer terriblement. La salle de classe était claire, impersonnelle, avec un tableau blanc et des notes griffonnées en noir dessus. Mais Max se sentit étrangement mélancolique : à cet instant, il aurait tout donné pour s'ennuyer lui aussi pendant un cours, pour mener une vie d'ado classique. Il resta là, à absorber les détails, invisible à tous, même à Liza, qui n'avait pas la capacité de le voir pendant sa vision à distance. Il finit par réintégrer son esprit et ouvrit les yeux dans le train quand une voix crachotante annonça le prochain arrêt.

Il s'ébroua pour retrouver ses esprits et se redressa dans son siège. Il fallait qu'il se concentre sur la suite des événements. Même si Liza lui avait affirmé qu'Adrien, celui qui aurait à le retrouver, était sympa et ne les trahirait pas, elle n'avait pas encore parlé avec lui, et il ne savait pas s'il serait de leur côté. Donc il lui faudrait être rapide et efficace. Il devait partir du principe qu'il n'aurait pas de répit. Liza devait aller voir ce fameux jeune homme après le lycée. Elle terminait les cours à 14 h 30. Adrien serait mis dans la confidence à ce moment-là seulement.

Entre-temps… c'était l'inconnu et l'angoisse.

Enfin, le train arriva à la gare. Max prit le temps d'acheter des tickets de métro. Liza lui avait donné ses économies. « Quand tu auras retrouvé tes parents, tu pourras me rembourser », lui avait-elle dit. Puis il étudia le plan pour trouver comment se rendre à Issy-les-Moulineaux. Ce n'était pas trop compliqué. Il mémorisa son trajet et se remit en mouvement. Il habitait à côté de

Paris, autrefois, mais il prenait rarement le métro tout seul. Son collège était à proximité de son domicile, et le reste du temps il se déplaçait avec ses parents. Malgré tout, la capitale ne lui était pas complètement inconnue et il retrouva vite ses repères.

Une demi-heure plus tard, il sortit à la station *Mairie d'Issy* et déboucha à l'air libre sous un ciel bleu pâle traversé par des nuages mous et gris ici et là. Il n'avait aucune idée de la distance qui le séparait du laboratoire, mais il savait qu'il finirait par le trouver, même s'il devait arpenter chaque rue de la ville. Sans perdre de temps, il se mit en route en grignotant des biscuits en forme de dinosaures que Liza lui avait donnés. C'était à ses frères, mais la jeune fille lui avait assuré qu'il y avait de très nombreux autres paquets dans le placard et que sa mère, qui n'était pas du genre à les compter, ne s'en apercevrait absolument pas.

Avant de partir, Max lui avait reposé la question qui le taraudait depuis la veille. Il ressentait le besoin d'insister, maintenant qu'il connaissait Liza un peu mieux après ces quelques heures de complicité.

— Pourquoi tu fais tout ça pour moi ? On ne se connaît pas. Je pourrais te raconter des bobards…

Elle n'avait pas hésité avant de répondre :

— Parce que tu as pu me voir. Et dans ton regard j'ai vu… Je ne sais pas. De la tristesse. Et puis quand tu m'as tout expliqué… Je déteste l'injustice. Je ne supporte pas les trucs horribles qui se passent dans le monde. J'ai toujours pensé que ma capacité m'aiderait à faire quelque chose de bien, de positif un jour. Mais pour l'instant ça n'est pas le cas. Enfin je ne crois pas, je ne comprends rien aux missions que je remplis pour le Centre. Alors, avec toi, j'ai enfin ma chance de faire une différence.

Puis elle lui avait déposé un baiser sur la joue, juste à côté de sa bouche.

Max s'était dit qu'elle n'était pas timide, mais ça lui plaisait, parce que lui l'était et il n'aurait jamais osé faire ça alors qu'il en avait envie.

Il repensait à tout cela en marchant au hasard dans les rues d'Issy. Au bout d'un moment, il trouva une boulangerie ouverte et y acheta un petit pain et du chocolat. Il en profita pour demander le renseignement qui lui manquait à la boulangère.

— Je cherche un bâtiment moderne, blanc, avec de grands vitrages. Il est entouré d'autres immeubles du même genre. Je sais que ça n'est pas très précis…

— Ah, mais ça, c'est dans la partie moderne de la ville, mon garçon. Tu continues tout droit et tu vas tomber sur un quartier flambant neuf, où ils ont construit plein d'immeubles comme ceux que tu me décris. Tu trouveras peut-être celui que tu cherches.

Remotivé par cette bonne nouvelle, Max reprit sa route. Dans sa tête dansaient les images de la façade qu'il espérait tant retrouver. Il avait vu sa photo si souvent, il s'était retrouvé, par la pensée, devant son entrée tant de fois, qu'il savait qu'il la reconnaîtrait dès qu'il la verrait.

Pour la première fois depuis très longtemps, il se sentait détendu, confiant. Il allait arriver au bout du mystère. C'était tout ce qu'il demandait.

Comme le lui avait dit la commerçante, il parvint dans un quartier très moderne qui avait dû s'ériger en peu de temps : routes droites, encadrées par des buildings récents, clairs, ponctués par quelques places et des espaces verts. Pour l'instant, ce n'étaient que des immeubles d'habitation, mais il sentait qu'il approchait du but. De fait, il arriva bientôt à proximité d'une voie de chemin de fer bordée par des immeubles de bureaux, des entreprises, logés dans des locaux rutilants. Enfin ! Enfin, il allait y arriver !

Il ne lui fallut que cinq minutes supplémentaires d'exploration pour parvenir devant celui qu'il cherchait. Il était impossible de se tromper, c'était bien le bâtiment qui abritait le fameux laboratoire. Max s'immobilisa non loin de la grande porte qui permettait d'y accéder. Des gens en sortaient en discutant. D'autres y pénétraient d'un pas pressé. Le garçon sentait son cœur cogner dans sa poitrine et résonner dans ses tempes, son cou, le bout de ses doigts. Il inspira longuement. Il lui fallait retrouver son calme, sa concentration, pour la suite. Il ne pouvait pas se laisser submerger par l'émotion. Pas maintenant.

Il prit le temps de retrouver ses esprits. Puis il fit un pas. C'est alors qu'il sentit une présence qui lui hérissa la nuque. On l'observait. Il se retourna, mais aucune des personnes présentes ne lui portait la moindre attention. En plissant les yeux, il fouilla les alentours. Mais il n'y avait rien de suspect. Pourtant, cette impression ne le quittait pas. On le regardait. Pire, il en était certain, on l'avait retrouvé.

Il inspira une nouvelle fois, laissa le calme revenir en lui. Il savait faire cela. Des exercices de relaxation, de concentration, de maîtrise de soi, c'était ce qu'il avait appris pendant trois ans.

Max ferma les yeux, fit le vide en lui. Les sons de la rue

s'estompèrent, les mouvements autour de lui devinrent de simples mouvements d'air. Il goûta à ce silence relatif, chassa tout ce qui pouvait parasiter cet instant de recueillement, puis il rouvrit les yeux. Il se retourna et le vit enfin. Le Pater. Il était là, sur le trottoir d'en face, il le regardait de ses prunelles trop noires. Max écarquilla les yeux. Rouelle faisait de la vision à distance lui aussi ! Jamais, depuis ce premier jour à l'hôpital, il ne lui avait dit qu'il en était capable. Pourquoi un tel secret ? Après tout, cela n'avait pas d'importance. Il y en avait tellement qu'un de plus ne changerait rien à la situation. Rouelle le voyait, savait où il se trouvait. Dans peu de temps, ses sbires seraient là pour le récupérer.

Que s'était-il passé ? Liza lui avait dit que ce serait Adrien qui prendrait la relève, qui s'occuperait de le retrouver, lui laissant un peu de répit. Alors pourquoi le plan avait-il changé ?

Max se secoua, comme traversé par un grand frisson, puis, décidé cette fois, il poussa la porte du bâtiment dans lequel se trouvait le laboratoire, dans lequel la photo de sa famille trônait sur un bureau au quatrième étage.

Même s'il devait retourner vivre dans sa prison dorée, même s'il devait être sévèrement puni par le Pater, il ne repartirait pas sans avoir ses réponses.

La porte tambour s'activa à son approche, et en quelques secondes il fut dans le hall. Tout lui apparaissait avec une netteté accentuée alors qu'il se dirigeait vers le bureau d'accueil. Il savait déjà qu'il ne pouvait pas prendre l'ascenseur jusqu'au laboratoire sans se faire arrêter par le service de sécurité qui montait la garde de part et d'autre des trois cabines qui allaient et venaient entre les étages. C'est bien pour cela qu'il avait été envoyé en mission secrète : parce que sans badge on ne pouvait aller nulle part dans le bâtiment.

L'homme qui se tenait à l'accueil était vêtu d'un costume sombre. Ses cheveux ramenés en arrière tenaient grâce à une quantité de gel qui se devinait à l'aspect brillant de ses mèches. Tentant de se montrer sûr de lui et plus âgé qu'il ne l'était, Max s'approcha du comptoir.

— Bonjour, monsieur, interpella-t-il l'homme gominé. Je voudrais rendre visite à quelqu'un au quatrième étage.

Son interlocuteur releva la tête du document qu'il consultait et regarda Max avec étonnement.

— Vous êtes le fils d'un employé ?

Au temps pour se donner l'air plus jeune, pensa Max. Son cœur accéléra à nouveau. Que répondre ?

— Oui, dit-il avec lenteur.

— Et quelle est la personne que vous voulez voir ?

Les pensées de Max s'affolèrent. Il n'avait jamais réussi à trouver le nom de la personne qui avait posé cette photo sur le bureau. Il avait intercepté celui d'une collègue au moment où elle envoyait un e-mail, mais si on l'appelait pour lui dire que son fils l'attendait à l'accueil, il serait vite démasqué.

Ne sachant pas quoi dire, il débita à toute allure.

— Mon nom est Maxime Vidal… Je voulais…

— Oh ! Vous êtes le fils du docteur Laurent Vidal ?

Cette fois, le garçon eut l'impression qu'il venait de recevoir un coup au plexus solaire. Il fut saisi d'un léger vertige alors que son souffle lui manquait. C'était le nom de son père.

— Oui, murmura-t-il, rassemblant toute sa volonté

pour parvenir à prononcer ce mot sans s'effondrer.

— Hélas, visiblement vous n'êtes pas au courant, mais la mission externe du docteur Vidal a été prolongée de quelques jours. Il ne sera de retour que la semaine prochaine. Votre mère ne vous l'a pas dit ?

— Non… Je… euh… Je vous remercie !

Max se rua hors du bâtiment sans demander son reste, sous le regard médusé de l'homme.

Il fallait qu'il s'éloigne d'ici. Et en même temps il mourait d'envie de monter au quatrième étage pour voler la photo, repartir avec…

Au moment où il jaillissait hors de l'immeuble, deux hommes se précipitèrent sur lui. Invisibles de l'intérieur, ils l'attendaient de chaque côté de la porte tournante. Heureusement, Max était vif. Le krav-maga était un art martial d'autodéfense que, après trois ans de cours, il pratiquait avec talent et efficacité. Ses réflexes étaient aiguisés et, dès que l'un des hommes le saisit au bras, il trouva la parade pour se dégager. Il donna trois coups brefs mais puissants dans le ventre de son agresseur. L'autre le lâcha et se plia en deux en se tenant les côtes. Le second l'attrapa par la taille et le souleva du sol. Max lui envoya un coup de coude dans le menton. Son adversaire poussa un cri étranglé alors que sa tête partait en arrière. Il libéra Max et s'écroula au sol. Par habitude, le garçon se pencha sur lui et lui envoya une autre taloche dans la figure du plat de la main.

Certain que les deux hommes ne le suivraient pas, il détala à toute allure devant eux sous les regards ébahis des rares témoins de la scène qui n'avait duré que quelques secondes. Dès qu'il le put, il tourna à droite, puis à gauche, se perdant dans les rues d'Issy. Il n'avait aucune idée de l'endroit où il se trouvait, ni comment les deux sbires de Rouelle étaient arrivés si vite sur les lieux, mais il s'en fichait pour l'instant. Il ne fallait pas qu'on le reprenne. Pas maintenant, alors qu'il venait de découvrir que son père travaillait ici, qu'il y reviendrait dans quelques jours !

Au bout d'un moment, il dut s'arrêter de fuir, à bout de souffle. Il était à présent dans une rue calme, résidentielle. Juste à côté, un petit square offrait une aire de jeux où des enfants s'amusaient en poussant des cris de joie. Max s'y rendit et s'assit sur un banc, le temps de calmer les battements de son cœur. Il ferma les yeux, fit le vide en lui et se projeta dans le laboratoire qui se trouvait à quelques centaines de mètres de lui, si proche et pourtant inaccessible, se retrouva face au bureau de son père. Le portrait était toujours là, avec les sourires de ses parents et de Morgane, et leur joie de vivre. Cette fois, Max se concentra sur le visage de son père pour en mémoriser tous les détails. La photo avait été prise avant l'accident, donc un peu plus de trois ans auparavant, mais il ne devait pas avoir tant changé que ça. Max, lui, en revanche, n'était plus le même. Le passage de l'enfance à l'adolescence s'était effectué loin du regard de ses parents, et il n'était pas sûr qu'ils le reconnaîtraient facilement. De fait, il était loin, le petit garçon maigre aux épaules étroites. Il s'était transformé radicalement. Il avait grandi d'une trentaine de centimètres depuis l'accident ,et ses entraînements sportifs lui avaient donné une belle carrure. Quelques poils commençaient à orner son visage. Sa mâchoire était plus carrée, ses joues moins rondes. Mais son père… Il l'imagina avec quelques cheveux blancs supplémentaires, quelques rides aux coins des yeux… Puis il passa à sa mère. Ses yeux du même gris que ceux de son fils, ses cheveux ébouriffés soulevés par une brise chaude, ses fossettes creusées par le grand sourire qu'elle affichait… Elle, c'est certain, elle ne pouvait pas avoir vieilli. Pour Max, c'était sa maman, inchangeable, toujours jeune et belle, toujours douce et aimante.

Une fois qu'il fut certain que leurs traits, qu'il avait oubliés depuis si longtemps, étaient gravés dans sa mémoire, il rouvrit les yeux sur le square. Le temps ne passait pas tout à fait de la même manière quand il était en vision à distance, et il remarqua que le square s'était vidé pendant les quelques minutes où il avait été « absent ». Le petit portique qui le séparait de la rue grinça, attirant son attention. Trois hommes le fixaient en s'avançant vers lui. Max n'eut pas besoin d'attendre de voir ce qu'ils voulaient pour comprendre que c'étaient d'autres sbires de Rouelle. Il bondit et chercha du regard une issue. Il y avait une autre sortie à l'opposé de celle par laquelle étaient entrés les hommes. Sans hésiter, il se rua vers le second portique, sauta par-dessus et se mit à courir dans la rue, encore une fois, sans avoir aucune idée de là où il allait. Tout ce qui lui importait, c'était d'échapper aux gens du Centre. Il courait le plus vite possible. Il savait qu'il pouvait arrêter trois hommes. On lui avait appris à affronter ce genre de situation, mais il préférait leur échapper plutôt que d'avoir à se battre. La violence ne devait être qu'un ultime recours.

Il n'eut pas le temps d'aller très loin. Un bruit de moteur résonna derrière lui, puis à sa hauteur. Max n'eut d'autre le choix que de traverser pour pouvoir continuer.

Une voiture pila juste devant lui. Et la deuxième, celle qui le suivait, lui bloqua la route de l'autre côté.

Trois individus en sortirent et se jetèrent sur lui. Max parvint à esquiver le premier. Un autre l'attrapa par le cou. Il réussit à se dégager en lui assénant un coup dans le sternum. En même temps, il envoya un coup de pied au troisième qui arrivait en face. Mais, à ce moment, ceux qui le traquaient depuis le square arrivèrent sur les lieux. Le plus grand d'entre eux maîtrisa Max en deux mouvements : lui aussi connaissait le krav-maga et savait parer tous les coups que le garçon avait tenté de lui infliger en vain. C'était fini. On le jeta tête la première dans une des voitures. Les portières claquèrent, ils démarrèrent. Max était à nouveau le prisonnier du Pater…

Le Pater
(aujourd'hui)

Max ne prononça pas un mot pendant tout le temps que dura le trajet jusqu'au Centre. Il reconnut sans peine la structure perdue au milieu de la campagne dans laquelle il avait passé plusieurs visites médicales depuis son arrivée chez Rouelle. On ne le fit pas franchir l'entrée principale, mais une petite porte de service, sur le côté du bâtiment. On avait noué ses mains à l'aide de liens en plastique qui entaillaient douloureusement la peau de ses poignets. Un homme le poussa sans ménagement dans le dos, manquant de le faire trébucher. Il s'avança dans un long couloir terne, éclairé d'une barre de néons à la lumière trop crue. Au bout d'un moment, sans trop savoir comment – il était tellement perdu en lui-même qu'il ne faisait plus attention aux détails –, il se retrouva dans une chambre minuscule équipée d'un lit étroit, d'un petit bureau et d'une chaise en plastique. Un coin abritait des sanitaires et une cabine de douche. On lui détacha les mains et on l'enferma dans cette cellule améliorée sans lui dire quoi que ce soit, mais Max savait qu'il n'y avait rien à dire. Rouelle serait bientôt là pour lui faire la morale, pour lui parler de sa voix faussement douce. Et ensuite ? Il n'en savait rien.

Déprimé, il s'allongea sur le lit, passa ses mains derrière sa tête et fixa le plafond gris. Il fallait qu'il trouve un plan pour s'en sortir, mais lequel ?

Il aurait aimé pouvoir contacter Liza, mais il n'avait pas de téléphone et, même s'il la retrouvait grâce à la vision à distance, elle ne le verrait pas. Lui seul avait cette capacité.

Alors il fit la seule chose qui était dans ses moyens : il ferma les yeux et se concentra sur les traits de son père, avec tous ses détails, tels qu'il les avait mémorisés d'après la photo. Son cœur battait la chamade. Il se permettait de faire ce qu'il n'avait jamais imaginé possible, parce qu'il les pensait morts. Même si ce n'était qu'une image mentale, c'était comme s'il le retrouvait après toutes ces années. Il avait si longtemps oublié les éléments de son visage, la forme de ses yeux, de son nez, le grain de sa peau, l'implantation de sa barbe. Une boule se forma dans sa gorge. Il avait été si proche de le retrouver. Il serait venu une semaine plus tard, on l'aurait laissé monter à l'étage, il l'aurait vu, penché à son bureau, il l'aurait appelé, son père se serait retourné, aurait découvert son fils bien vivant…

Max se faisait le film de leurs retrouvailles : le bouleversement de l'homme qui pensait son fils mort depuis trois ans, leur accolade, longue, émue, les questions qui fusaient, les réponses rapides, heurtées, pleines de joie et de douleur mêlées.

Mais à présent rien ne se passerait comme ça. Max était enfermé au Centre. Son père en mission il ne savait où… Il serra ses paupières, ses mâchoires. Il devait se concentrer. Il devait chasser ces images douces-amères qui tournaient en boucle dans sa tête. Avec difficulté, il se força à respirer plus profondément, plus lentement, se focalisa sur chacun de ses muscles, l'un après l'autre, pour les obliger à se détendre. Enfin, il parvint à un apaisement relatif. Derrière ses paupières, c'était le noir, juste marqué par le visage du docteur Laurent Vidal. Il suivit le chemin que dessinait cette forme, il se laissa guider par elle.

Et il le vit. C'était lui, sans aucun doute. Ses tempes avaient grisonné et ses cheveux étaient un peu plus longs qu'à l'époque. Sa barbe aussi était piquetée de blanc. Il était concentré sur une boîte de Petri dans laquelle un gel rougeâtre reposait. L'émotion de Max fut telle, en le découvrant ici, bien vivant, qu'il faillit quitter son état de transe et revenir dans sa cellule. Mais il se força à rester dans ce lieu inconnu. Il aurait tellement aimé que son père puisse le voir. Qu'il découvre son fils près de lui, bien vivant lui aussi !

D'un seul coup, le docteur releva la tête et fixa Max avec intensité. Le garçon eut la conviction qu'il pouvait le voir. Mais son père eut un petit mouvement, comme s'il se disait non à lui-même, et reporta son attention sur sa manipulation. Non, il ne pouvait pas le voir. Peut-être que son instinct lui avait soufflé quelque chose, mais devant lui il n'y avait que le vide…

Pour se décharger un peu de toutes ses émotions, Max étudia son environnement. C'était en principe la première chose à faire quand il était en mission. Et là, il était en mission. Mais pour lui, pas pour le Pater.

Son père se trouvait dans un laboratoire, mais différent de celui qui se trouvait à Issy-les-Moulineaux : plus petit, dans un bâtiment plus ancien, mais bien équipé également. Sans aucun doute, il se trouvait en France s'il se fiait aux différents tableaux couverts de mots en français. Max s'approcha d'une des fenêtres et découvrit qu'il était même en plein Paris. Donc, son père ne travaillait pas très loin. Il avait été détaché ici pour une mission.

Max prit le temps de regarder les papiers qui traînaient sur la paillasse et les bureaux, sur les affichettes placardées sur un tableau en liège. Rien d'intéressant.

Finalement, il décida de sortir du bâtiment pour regarder le nom de la rue. Une fois à l'extérieur, il nota soigneusement l'adresse. Son père se trouvait au Collège de France, au centre de Paris. Puis Max retourna l'observer quelques instants de plus, juste pour s'emplir de ce fait merveilleux : son père était en vie.

Il s'approcha de lui et lui chuchota à l'oreille :

— Papa, je sais que tu ne peux pas me voir, mais moi je peux te voir. Je sais où tu es. Je vais venir. Je trouverai un moyen. J'arrive.

Son père se redressa subitement, pencha sa tête sur le côté, celui où se trouvait Max, comme s'il avait entendu un bruit étrange. Puis il haussa les épaules et retourna à son travail. Max sourit. Bientôt…

Il ouvrit les yeux sur sa petite chambre impersonnelle. Il se rendit compte qu'il avait froid. Il ôta ses baskets et se glissa sous la couverture.

À ce moment, il perçut un mouvement. Il faisait plus

sombre dans la pièce, la journée déclinait. Mais tout de suite il la vit. Liza. Elle était là, elle l'avait retrouvé.

— Max, où es-tu ? Je n'ai pas pu me libérer avant pour venir vérifier que tout allait bien pour toi. J'étais vraiment inquiète !

D'un seul coup, c'était comme si elle se rendait compte de son environnement.

— Tu es au lit ? Tu as retrouvé tes parents, tu es chez eux ?

Puis ses yeux s'élargirent.

— Tu es… tu es au Centre ?

Max hocha la tête.

— Je me suis fait reprendre par Rouelle. Mais j'ai retrouvé la trace de mon père et je m'apprêtais à faire pareil pour ma mère quand tu es arrivée.

Le visage de Liza se décomposa.

— C'est mauvais, ça, très mauvais, que tu sois ici. Je pensais qu'Adrien allait être sympa et ne pas te trahir, je suis déçue.

— Ce n'est pas lui, Liza. C'est Rouelle lui-même qui m'a retrouvé.

— Quoi ? Mais comment ?

— En vision à distance, expliqua Max d'un ton un peu amer.

L'expression sur le visage de Liza marquait un étonnement extrême.

— Rouelle fait de la vision à distance ?

— Visiblement, oui, et il a bien caché son jeu tout ce temps.

— Incroyable, murmura la jeune fille.

Puis elle se ressaisit et fronça les sourcils.

— Il faut qu'on trouve un plan pour te faire sortir de là. Rouelle n'a aucune idée de notre lien. Je suis chez moi en ce moment. Je vais appeler Adrien. Il est peut-être encore au Centre. Je vais voir ce qu'on peut faire pour t'aider.

— Merci, Liza. Mais fais attention à toi. Je ne veux pas qu'il t'arrive des ennuis.

— Tu rigoles ? Maintenant que je sais tout ce qu'on trafique ici, je suis moins motivée pour partir en mission pour eux. Si ça se trouve, je bosse pour des pourris depuis des années. Ne t'en fais pas. On va trouver une solution. Prends des forces, en attendant.

Puis elle disparut.

Ces quelques instants passés avec elle, cette simple visite, remontèrent le moral de Max. Il n'était pas seul. Il avait une amie. Une alliée. Et il allait retrouver ses parents. Rouelle ne serait plus jamais un obstacle entre lui et sa famille, il s'en fait la promesse.

Complots
(aujourd'hui)

Dès que Liza ouvrit les yeux dans sa chambre, elle attrapa son téléphone qu'elle serra entre ses doigts. Elle fit les cent pas dans la pièce en mâchonnant férocement son chewing-gum. Elle se sentait suprêmement énervée contre le Centre, contre Rouelle, contre la Terre entière en fait. C'était souvent le cas lorsqu'elle regardait les infos à la télé avec ses parents. Mais là, c'était pire parce que ça la touchait directement. On faisait du mal à Max ! Encore une fois ! C'était inadmissible.

Inspirant longuement pour se calmer, elle réfléchissait à toute allure à une solution. C'était le soir, et elle ne pouvait pas retourner au Centre sans une bonne raison. Il faudrait soit qu'on l'y accompagne, soit qu'elle demande à ce qu'on vienne la chercher, et cela ne se ferait pas sans éveiller des soupçons et susciter des questions. Donc elle devait trouver autre chose.

D'un geste nerveux, elle alluma l'écran de son téléphone, composa un numéro. Elle ferma les yeux, comme si elle faisait une prière silencieuse.

— Adrien ? C'est Liza.

— Salut, Mistinguett ! Justement, je voulais te demander... Je n'ai jamais eu de nouvelles de Rouelle à propos du mec dont tu m'a parlé. Il m'a bien appelé, mais pour un truc qui n'a rien à voir. C'est normal ?

— Oui, j'ai eu du nouveau !

Liza lui expliqua les derniers événements de la journée d'une voix pressée et énervée.

— Je ne sais pas exactement où il est enfermé dans le Centre, mais c'est une petite chambre impersonnelle.

Elle lui décrivit ce qu'elle avait vu des lieux quand elle avait effectué sa vision à distance. Sans même y réfléchir, elle retenait tous les détails quand elle se trouvait ainsi en déplacement mental, comme à chaque mission qu'elle effectuait. Elle avait été bien entraînée, se dit-elle, ou conditionnée, au choix...

Adrien resta silencieux quelques secondes avant de reprendre :

— OK, il y a plusieurs chambres comme celles-là. Elles sont dans l'aile sud, réservées aux visiteurs, ceux qui viennent pour passer des tests ou pour travailler sur place, quand ils restent quelques jours. Je ne sais pas exactement dans laquelle se trouve Max, mais je vais chercher. Je te tiens au courant.

Il marqua encore un temps de pause avant de souffler :

— Je n'aime pas ce qu'il se passe. Je sais que, parfois, on nous envoie en mission pour des trucs qui ne sont peut-être pas très légaux, mais ça fait partie du job d'espion. Mais là... c'est carrément du kidnapping, c'est super grave.

— Je suis d'accord, c'est pour ça que je suis tellement énervée. Ils n'ont pas le droit de faire une chose pareille. Max n'a que seize ans et il a déjà traversé le traumatisme d'un accident de voiture, d'un coma, d'avoir cru que sa famille était morte. Et maintenant son enlèvement. Ça fait un peu beaucoup, et tout ça c'est la faute du Centre. Je ne sais pas si ça me donne envie de continuer.

— Attends avant de prendre une décision. On ne sait pas tout. Mais déjà, on va aider Max. Ensuite, on verra ce qu'on fait pour le Centre, OK ?

— Ça marche. Merci Adrien. J'attends de tes nouvelles.

— Compte sur moi.

Et il raccrocha.

Liza se laissa retomber sur son lit. Tout en parlant, elle avait arpenté sa chambre en tous sens, comme un lion en cage. Maintenant, elle se sentait vidée. Elle ne pouvait plus rien faire. Rageusement, elle saisit son carnet de croquis et se mit à dessiner, histoire de faire passer la tension. Elle espérait vraiment qu'Adrien pourrait faire quelque chose…

Adrien reposa son téléphone. Il était chez lui. Sa journée au Centre était terminée. Il réfléchissait à toute allure, se demandant comment aider Liza et Max. Il ne pouvait pas se ruer au Centre et défoncer toutes les portes de l'aile sud. Ce serait le meilleur moyen de tout gâcher. Puis, il pensa aux missions qu'il avait effectuées pour ses chefs, là-bas. Il n'utilisait ses capacités que pour son travail. Jamais pour lui. C'était idiot. Avec un tel prodige entre ses mains, il aurait pu accomplir de grandes choses, mais jusqu'ici il s'y était interdit pour ne pas céder à une tentation qui pouvait l'entraîner dans des situations problématiques et hasardeuses. Mais cette fois... Cette fois c'était différent. Si Liza disait vrai – et il la pensait sincère, il ne voyait pas pourquoi elle aurait inventé toute cette histoire –, il y avait un jeune homme en danger. Il étudia la question encore quelques instants, puis enfin sa décision fut prise. Avec des gestes sûrs, il éteignit sa console de jeux et sa télé, ainsi que son téléphone, pour ne pas être dérangé. Il s'assit en tailleur sur son canapé et ferma les yeux. Après tout, sauver quelqu'un, c'était aussi une mission. Il ne pouvait plus hésiter.

La lumière de son salon grésilla, s'éteignit quelques secondes avant de se rallumer, clignota deux ou trois fois, puis se stabilisa. On n'entendait plus un bruit. La respiration d'Adrien était si profonde, si lente, qu'on la percevait à peine...

Contact
(aujourd'hui)

Max s'était assoupi. Il n'y avait pas un bruit autour de lui. S'il restait des gens au Centre, ils ne se faisaient pas remarquer. La nuit était tombée. On lui avait apporté un dîner, plutôt bon. Affamé, il avait tout mangé. Puis il s'était rallongé. De toute façon, il n'y avait rien d'autre à faire ici. Aucune télé, pas un livre ni un magazine… Le temps passait lentement. Seule l'intensité de la lumière lui donnait une idée de l'heure, parce qu'il n'y avait aucune montre ou horloge. Celle que Max portait au poignet s'était brisée dans son affrontement avec les hommes de Rouelle.

Mais ce silence, cet isolement, ne le dérangeaient pas. Il pouvait se reposer, réfléchir et, surtout, se concentrer. Comme il l'avait fait avec son père un peu plus tôt, il visualisa le visage de sa mère. Son sourire dansait derrière ses yeux fermés. La même émotion l'étreignit en se la figurant de la sorte, mais il la chassa plus aisément qu'un peu plus tôt.

Il se laissa porter par cette image, guider par son regard joyeux et, d'un seul coup, il se trouva près d'elle. Elle dînait avec Morgane et son père. Ils mangeaient tous les trois en parlant de leur journée. Il ne manquait plus que lui, Max, à cette table, et toute la famille serait réunie.

Cette fois, la douleur dans sa poitrine fut telle qu'il ouvrit malgré lui les yeux sur sa chambre plongée dans le noir. Des larmes coulaient sur ses joues, glissaient jusqu'à ses tempes et se mêlaient à ses cheveux. Toutes ces années, toutes ces soirées qu'on lui avait volées. Tous ces instants qu'il aurait pu, dû, partager avec eux. Même s'il parvenait à les rejoindre, jamais il ne pourrait lui, rattraper le temps qu'on lui avait volé, lui rendre ce qui lui avait été pris. On ne pouvait pas remonter le temps. On ne pouvait pas défaire ce qui avait été fait.

Une rage inouïe s'empara de lui. Elle cognait si fort en lui qu'il avait l'impression qu'elle allait l'étouffer. Toujours allongé sur le dos, il serrait la couverture de ses poings pour les empêcher de frapper le mur.

Il entendit alors une clef tourner dans la serrure, la porte de la cellule s'ouvrit, puis une silhouette apparut dans la pénombre. Max n'avait pas besoin de plus de lumière pour la reconnaître. C'était le Pater.

— Bonsoir, Max, dit-il de sa voix doucereuse, écœurante.

Max ne répondit rien.

Rouelle saisit la chaise en plastique et la rapprocha du lit avant de s'y installer.

— Je suis soulagé que tu sois ici. Je m'inquiétais pour toi. À quoi pensais-tu ? T'enfuir de la sorte sans argent, sans téléphone pour prévenir en cas de problème… Sans même savoir où aller. Je ne veux pas qu'il t'arrive quelque chose. Tu sais, Max… je tiens à toi.

— Oui, bien sûr, répondit le garçon entre ses dents. C'est pour ça que je suis votre prisonnier depuis trois ans. Ce n'est pas à moi que vous tenez, c'est à ma capacité de vision à distance.

— Tu te fais des idées, mon garçon.

— Alors pourquoi vous m'avez menti ? Pourquoi vous m'avez dit que mes parents étaient morts ? C'était pour me récupérer, n'est-ce pas ? Pour m'avoir rien qu'à vous ?

— Tu dis n'importe quoi. Tes parents sont morts. Je t'ai accueilli sous mon toit pour que tu aies un endroit où vivre. Je commence à regretter d'avoir fait preuve de tant de générosité.

Cette fois, Max se redressa. Il vibrait de colère et il lui fallait faire appel à toute sa maîtrise pour ne pas lui sauter à la gorge, pour ne pas lui faire du mal, l'assommer, le laisser à terre et quitter cet endroit. Mais il se doutait qu'il y avait quelqu'un qui montait la garde derrière la porte et qu'au moindre bruit suspect il serait là, dans la pièce.

— Arrêtez de me prendre pour un idiot ! Je ne suis plus le garçon de treize ans perdu, tout juste réveillé du coma et qui vient d'apprendre que son monde s'est écroulé. J'ai vieilli et je sais que mon père travaille au laboratoire d'Issy-les-Moulineaux. À l'accueil, on m'a dit que le docteur Laurent Vidal avait un poste là-bas.

Rouelle s'esclaffa.

— Mais enfin mon garçon…

— Arrêtez de m'appeler comme ça. Je ne suis pas votre garçon.

— Max… Il y a près de 40 000 personnes en France qui portent le nom Vidal, et Laurent est un prénom extrêmement répandu également. Surtout dans la génération de tes parents. Tu n'as jamais pensé que ça pouvait être un homonyme ?

Max eut un rire sans joie. Il se laissa retomber sur le lit. Rouelle n'avait pas allumé la lumière, et seule la lueur d'un réverbère, sur le parking, dehors, éclairait leurs silhouettes.

— Vous me prenez vraiment pour un imbécile. D'après vous, pourquoi je me suis renseigné à l'accueil cet après-midi ? Parce que, sur le bureau du docteur Laurent Vidal, il y avait une photo de moi. De nous. De toute ma famille avant l'accident. Vous allez me dire qu'un autre Laurent Vidal a aussi une famille qui est un clone de la mienne ? C'est ça ?

— Ah… se contenta de répondre Rouelle.

Visiblement, il ne s'attendait pas à cette révélation.

— Oui, ah… comme vous dites. En trois ans, j'ai eu le temps d'oublier le visage de mes parents, mais j'ai vu la photo sur ce bureau. J'ai mémorisé leurs traits et je les ai retrouvés. Vous savez grâce à quoi ? Grâce à cette précieuse vision à distance que vous m'avez apprise. Et je ne suis pas le seul à retrouver les gens grâce à elle… Encore une de vos petites cachotteries…

Le Pater resta silencieux un moment. Il n'avait manifestement pas prévu ce retournement de situation. Finalement, il soupira et déclara d'une voix plus dure, tellement différente de celle qu'il utilisait avec Max d'habitude.

— Bon, très bien, tombons les masques. En effet, je t'ai menti. Et tu sais quoi ? C'est moi qui ai organisé toute cette histoire. Tu veux la vérité ? Je te préviens, elle n'est pas belle à entendre, et je ne vais pas prétendre être fier de tout ça. Mais parfois, il faut agir pour réaliser de grandes choses. Et toi, Max, tu es destiné à faire de grandes choses. Et ça n'aurait pas été le cas si je n'étais pas intervenu.

Rouelle ne dit plus un mot. Max retenait son souffle. Pour une fois, il ne devait pas bousculer l'homme qui était assis devant lui. Il devait le laisser aller à lui… Et d'un seul coup, les épaules du Pater s'affaissèrent. Sa voix s'éleva en un murmure rauque dans la nuit…

Désaccord
(il y a un peu plus de trois ans)

— Parfait, tu peux y aller.

Le docteur fit un sourire gentil à la fillette âgée d'une douzaine d'années qui venait de passer sa visite médicale. Elle enfila rapidement son T-shirt, remit ses chaussures.

— On se voit dans six mois, lui rappela l'homme en blouse blanche avant que l'enfant ne file sans demander son reste.

Une fois seul, le médecin ouvrit un fichier sur son ordinateur et y nota ses observations. Quelques coups furent frappés à la porte.

— Entrez !

Un homme grand, mince, habillé de gris, aux yeux trop sombres, entra sans faire de bruit et s'assit là où se trouvait la pré-ado un peu plus tôt.

— Alors ?

— Elle me semble apte. Il faudra par contre faire attention à ne pas trop la brusquer. Elle est timide, voire renfermée. On risquerait de lui faire peur, et ses parents refuseraient de la laisser suivre cette formation.

L'homme gris hocha la tête.

— C'est bien ce qui me semblait. On va faire attention. Quoi qu'il en soit, si elle est trop fragile, elle ne tiendra pas la distance.

Le médecin eut un petit rictus.

— Je sais… Et c'est vraiment la partie de mon job que j'aime le moins. Tu sais, François-Xavier, les enfants sont des êtres humains, ils ont des émotions, des angoisses, des doutes et des joies. Je comprends que tu ne les aimes pas, sauf quand ils ont une capacité qui t'intéresse. Et c'est une très bonne chose que tu n'en n'aies pas eu. Je n'ose imaginer le calvaire qu'un môme aurait à endurer à t'avoir comme père… Mais tu dois arrêter de les considérer comme des rats de laboratoire, comme des instruments juste bons à servir tes intérêts et ceux du Centre.

Rouelle eut un bref sourire, qui ne toucha pas ses yeux.

— Mon cher Laurent, je ne te paie pas pour avoir ton avis sur la question, mais juste pour vérifier que mes rats de laboratoire sont en bonne santé. En contrepartie, tu as aussi accès à des cobayes que je mets à ta disposition pour tes recherches sur le cerveau. Nous sommes gagnants tous les deux. Le reste n'a pas à entrer en compte.

Le docteur Vidal ouvrit la bouche, prêt à protester et à se défendre, mais il se tut. Rouelle ne comprendrait jamais la différence entre effectuer, de temps à autre, un contrôle du fonctionnement des connexions neuronales d'un des jeunes qui travaillaient pour le Centre, sans douleur, de façon ponctuelle, et former des jeunes à la dure pendant des années, avec des obligations de résultat, des pressions et des tensions pour qu'ils soient au maximum de leurs capacités. L'homme gris n'était pas en mesure de saisir ce genre de « subtilité ». Il ne vivait que dans un but : optimiser les ressources du Centre. Il n'en était pas le directeur, mais il était responsable de la partie recrutement et formation des enfants qui se révélaient être en mesure de réaliser des choses incroyables, grâce à leur esprit un peu différent.

Rouelle croisa une jambe sur l'autre et se pencha un peu en avant.

— Et tu as réfléchi à ma proposition ?

Le docteur Vidal secoua la tête.

— Je t'ai déjà donné ma réponse, elle n'a pas changé depuis.

— Mais enfin ! Comment peux-tu refuser une telle opportunité pour Max ? Tu as toi-même remarqué la puissance de ses capacités ! C'est bien cela qui t'a poussé à te lancer dans ces études du cerveau humain, non ? Sinon, tu serais resté un simple médecin comme il en existe des centaines, à soigner des grippes et des gastros dans son cabinet de banlieue.

Vidal soupira d'impatience.

— Je suis très heureux de mon cabinet qui, je te le rappelle, reste mon travail principal. Je ne suis ici que deux jours par semaine. Et je te répète aussi que je ne veux pas impliquer Max dans toutes les histoires du Centre. Je vois bien ce que vivent les enfants en formation ici : le stress qu'ils subissent, la pression que vous leur mettez… J'en ai récupéré plus d'un en dépression. Maxime est un enfant heureux qui n'a aucune conscience de ses capacités. Et je préfère que ça reste ainsi. Il y a peut-être des parents qui sont prêts à accepter tout ça parce qu'ils ont besoin d'argent, ou parce qu'ils aiment l'idée d'avoir un enfant différent. Ce n'est pas notre cas, à Sophie et moi. Donc, ce n'est plus la peine de me reposer la question. Max restera à la maison, suivra une scolarité normale et ignorera tout du Centre et de ses activités. C'est mon choix, tu te dois de le respecter.

Rouelle décroisa les jambes et se releva à moitié, toujours penché vers le docteur. Sa voix changea, moins douce, quand il prononça ces mots :

— Tu fais une grave erreur, Laurent. Max est un jeune garçon exceptionnel qui pourrait avoir un destin unique si vous le laissiez développer ses capacités. Si j'en crois ce que tu m'as dit, il pourrait même devenir le meilleur ici. Je n'ai jamais connu quelqu'un capable de faire ce qu'il a fait depuis… depuis…

Le docteur se redressa également et se pencha vers Rouelle, imitant son mouvement.

— Depuis toi, je sais. Et je suis désolé que ta rupture d'anévrisme t'ait privé d'une partie de tes capacités, mais tu n'es pas Max, et Max n'est pas toi. Je te l'ai dit, notre décision est prise, et nous ne changerons pas d'avis.

Rouelle se redressa, tira sur les pans de sa veste grise d'un geste sec.

— Très bien. J'ai compris. Mais sache que c'est dommage, vraiment dommage. Pour vous tous…

Sur cette dernière remarque, il quitta le cabinet du docteur Vidal, qui s'occupait de la santé des élèves du Centre depuis deux ans.

Laurent regarda un instant la porte qui s'était refermée derrière la haute silhouette fine. Ses paroles ressemblaient à une menace. Cependant, il chassa vite cette idée de son esprit. Rouelle était têtu, mais il avait à sa disposition une dizaine de nouveaux jeunes possédant des capacités incroyables sur qui passer sa frustration. Les former, les pousser à être les meilleurs, ça l'occuperait, et il finirait par oublier Max.

En haussant les épaules, il rangea ses affaires pour rentrer chez lui. Il était bien content de s'échapper d'ici pour le reste de la semaine et de retrouver ses patients, simples mortels aux cerveaux banals, mais qui n'exploitaient pas des ados pour servir leurs projets.

Ce soir, il dînerait comme tous les soirs avec sa femme, Morgane et Maxime. Ce dernier ne saurait jamais de quoi il était capable et il vivrait une adolescence normale, loin de tout ce fatras d'entraînements, de missions, de pression. C'était mieux ainsi. Oui, sa décision était définitive. De cela, il était certain.

Visite surprise (aujourd'hui)

Les yeux ouverts sur le noir du plafond, Max repensait à ce que lui avait raconté le Pater. Ce dernier avait dû arrêter son récit parce qu'on l'avait appelé pour régler un problème.

Max était sous le choc : il ne savait pas que son père avait travaillé pour le Centre pendant des années. Ce dernier n'en avait jamais parlé. Le garçon savait qu'en plus du cabinet il passait quelques heures à l'hôpital. Est-ce que c'était ici, cet hôpital ? Il ne savait pas non plus que ses parents avaient repéré ses capacités avant même l'accident. Rouelle lui avait dit qu'une expérience de mort imminente pouvait les déclencher ou les renforcer. C'était peut-être cela qui lui était arrivé. Et après ?

Il ne voulait pas y penser, parce que le scénario qui se dessinait dans son esprit l'emmenait sur des chemins qui allaient le mettre encore plus en colère, encore plus malheureux. Et pourtant… il savait au fond de lui qu'il avait raison.

JE PEUX TE VOIR

Un bruit le fit sursauter, un raclement de chaise, tout près. Étrange, le Pater était parti il y avait un moment et avait pris soin de verrouiller la porte derrière lui. Max se redressa sur son lit. Il y avait bien quelqu'un dans sa chambre. Une silhouette immense se découpait dans l'obscurité.

— Max ? chuchota une voix de baryton.

— Qui est là ?

— Chut, pas trop fort, il y a un mec planté derrière ta porte. Je suis Adrien.

— Oh !

D'un seul coup, la petite lampe posée sur le bureau s'alluma, et Max découvrit un jeune homme âgé d'une vingtaine d'années, vêtu d'un jean large et d'un sweat-shirt ample planté au milieu de sa chambre. Sa coupe afro était impressionnante, le faisant ressembler à l'un des membres des Jackson Five.

— Liza m'a prévenu que tu étais prisonnier ici. J'ai visité plusieurs chambres avant de te trouver.

— Mais tu es entré comment ?

Adrien eut un gros rire, qu'il étouffa du mieux possible. Il avait un visage ouvert, jovial et semblait être une bonne nature. Max comprenait pourquoi Liza s'entendait bien avec lui.

— Je ne suis pas entré… Je suis là et ailleurs, chez moi, en même temps.

Max fronça les sourcils. Liza lui avait parlé de bilocation, qui était une capacité qu'Adrien maîtrisait.

— C'est la bilocation, c'est ça ? Parce que, si c'était de la vision à distance, tu n'aurais pas pu allumer la lumière, bouger la chaise…

— C'est ça ! Je peux être à deux endroits en même temps. C'est cool, non ? Bon, moins cool que la vision à distance parce que, tu vois, ça manque de discrétion tout ça. C'est pour ça que je ne suis qu'un messager pour le Centre, et pas un espion, mais je trouve ça sympa quand même.

— Carrément ! C'est pratique ! Tu peux faire deux choses en même temps ?

— Ouais, plus ou moins, ça dépend de quoi. Mais on n'est pas là pour parler de moi. Je suis venu te chercher parce que Liza était très inquiète pour toi. Elle m'a raconté ton histoire et, franchement, ça ne sent pas super bon. Je ne savais pas que le Centre kidnappait des gens et les enfermait comme ça…

— Tu penses pouvoir me faire sortir de là ? demanda Max, plein d'espoir.

— Là, tout de suite, non. Ça ne sera pas possible. Rouelle a déployé toute sa garde personnelle, et il y a un paquet de mecs qui patrouillent dans l'aile sud, celle où tu te trouves. Mais maintenant que je sais dans quelle chambre tu es, je vais tenter un truc demain. Je bosse ici tous les jours, donc je serai là, en entier - il eut un autre petit rire - et je vais voir ce que je peux faire, ou apprendre à ton sujet, ce qu'ils comptent faire de toi, tout ça. On te tiendra au courant, Liza et moi. Déjà, je vais l'appeler pour lui dire que je t'ai retrouvé et que je sais exactement où on t'a planqué. Ça la rassurera. T'inquiète, mec, on s'occupe de toi, on ne va pas laisser ce salaud de Rouelle s'en prendre à toi.

— D'accord, merci beaucoup, Adrien. Mais fais attention… Je ne veux pas que tu aies des problèmes à cause de moi.

— T'en fais pas pour ça, je suis majeur, je décide tout seul de ce que je veux faire ou pas, et je veux t'aider. Tente de dormir un peu et de prendre des forces. On ne sait jamais ce qui peut arriver demain, OK ?

— OK. Encore merci !

Et Adrien disparut de la chambre comme il y était arrivé, sans prévenir…

Souvenirs
(aujourd'hui)

Rouelle était rentré chez lui, soucieux. Le cas de Max commençait à devenir beaucoup plus compliqué que prévu. Évidemment, il savait que ça pouvait arriver. C'est bien pour cela qu'il avait tenu le garçon à l'écart de toute connexion Internet et à l'écart du Centre, où son père avait travaillé encore un peu après l'accident, avant de le quitter définitivement.

Mais l'homme en gris avait été imprudent : il n'avait pas regardé ce que le docteur Vidal faisait aujourd'hui. Le médecin lui avait dit, au moment de son départ, qu'il ne s'occuperait plus que de son cabinet, qu'il arrêtait les recherches sur les ados, sur le cerveau et ses mystères. C'était trop difficile après la disparition de son fils. Rouelle avait pensé qu'il se tiendrait à ce qu'il avait dit. Mais visiblement le père de Max n'avait pas pu abandonner son obsession : étudier l'esprit humain et ses différentes capacités. Et c'était précisément dessus que portaient les recherches menées au laboratoire d'Issy-les-Moulineaux, où Max avait été envoyé en mission.

Rouelle avait péché par excès de confiance. S'il avait pris la peine de regarder la liste des employés, ou même des chercheurs occasionnels qui venaient pour des missions ponctuelles, il aurait vu le nom de Laurent Vidal et aurait envoyé quelqu'un d'autre espionner les résultats des expériences conduites là-bas pour éviter tout risque.

Assis derrière son bureau, il leva machinalement la tête vers le fauteuil sur lequel s'installait le garçon quand il exerçait la vision à distance. À sa plus grande surprise, il eut un pincement au cœur. Max lui manquait. Il n'aurait jamais pensé qu'il pourrait s'attacher à un gamin, mais le fait est que c'était ce qui était arrivé. Trois ans de cohabitation, de conversations, d'une certaine forme de complicité autour de ce talent particulier qu'il aidait à développer chez l'adolescent l'avaient sorti de sa solitude, de sa vie parfaitement réglée. Max avait apporté du changement, des surprises, parfois des rires.

Mais ce soir Rouelle ne pouvait pas se permettre d'être sentimental. Il devait prendre une décision concernant son protégé. Le ramener ici et l'enfermer avec plus de sécurité lui paraissaient impossibles au vu des circonstances. Max était déjà comme un lion en cage ces dernières semaines, alors maintenant qu'il savait la vérité ce serait invivable. Pourtant sa chambre était là, l'attendait, et l'homme n'aimait pas la voir vide. Ni le fauteuil en face de lui.

Il y avait la solution de le laisser sous bonne garde au Centre. Là-bas, il serait isolé et surveillé par une douzaine de vigiles armés, prêts à réagir en cas de problème. Rouelle pourrait lui rendre visite autant qu'il le voudrait et le convaincre de mener à bien d'autres missions.

Si aucune de ces solutions ne s'avérait viable à terme, il avait bien peur de devoir prendre une décision définitive, et il ne pouvait pas s'y résoudre. Max était le plus doué de tous les jeunes qu'il avait suivis depuis des années. Ses capacités étaient exceptionnelles, et il ne les utilisait pas encore pleinement parce que Rouelle voulait y aller graduellement. Il était persuadé que c'était ce qu'il y avait de mieux à faire : attendre que le garçon soit assez mûr pour passer à l'étape suivante. Ainsi sa formation se faisait en douceur et lui permettait d'approfondir, à son rythme, ce qu'il apprenait.

L'homme ferma les yeux et soupira en posant sa nuque sur le haut de son dossier. Il ne savait que trop bien ce que signifiait posséder un tel « pouvoir ». Lui-même avait été dans ce cas. Il était très jeune, lorsqu'on avait décelé ce potentiel en lui. Ses parents l'avaient envoyé aux États-Unis pour être formé et être capable d'utiliser ses capacités au mieux. On avait vite compris qu'il était plus « fort » que tous les autres et on l'avait exploité très tôt pour accomplir des missions comme celles qu'il demandait à Max de remplir.

Il avait fait cela pendant des années, puis il était revenu en France. Le gouvernement l'avait chargé de développer une unité de jeunes talents psi, le tout dans le plus grand secret. Lui-même continuait à exercer la vision à distance parfois, pour les cas les plus compliqués et les plus confidentiels. Jusqu'au jour où il avait fait une rupture d'anévrisme. Son attaque n'était pas forcément liée à ses activités mentales, mais elle l'avait fortement diminué, et on lui avait conseillé de ne plus partir en vision à distance. On ne savait pas quelle incidence cela pouvait avoir. Alors il avait dû abandonner ce qui faisait sa force, sa différence, sa fierté. Après des mois de rééducation, il avait retrouvé l'usage du côté gauche de son corps, qui avait été particulièrement affecté par son attaque, même s'il en gardait une certaine raideur qu'il cachait du mieux possible.

Puis Max était arrivé. Enfin plutôt son père.

Laurent Vidal avait remarqué que son fils lui racontait des choses étranges : il était à l'école, puis d'un seul coup il pensait à son père et se retrouvait au cabinet, il le voyait traiter ses patients. Le soir, il décrivait avec des détails plus que troublants ce qu'il avait vu. Le médecin reconnaissait quelques phrases, quelques recommandations qu'il donnait à ses malades, que Max ne pouvait pas connaître. Et pourtant, c'était comme si son fils s'était trouvé là. Ses professeurs se plaignaient qu'il rêvassait un peu trop en classe et qu'il fallait qu'il se concentre un peu plus. Il y avait aussi ses rêves... Il avait même assisté quasiment en direct à la mort de sa grand-mère... Ce genre d'anecdotes avait fini par s'espacer avec le temps. Mais cela tracassait Laurent. Il avait fait des recherches et était tombé sur des descriptions de vision à distance qui correspondaient à ce que son fils lui relatait. En creusant bien, et en faisant appel à certains de ses contacts, il était tombé sur le Centre et avait pris contact avec Rouelle. Ce dernier, après avoir écouté le témoignage du docteur, avait vite compris le talent brut, non maîtrisé, que possédait Max, et cela l'avait intéressé au plus haut point. Il voulait le recruter au Centre, mais ses parents étaient réticents.

D'un autre côté, passionné par cet aspect du cerveau que ses études de médecine n'avaient pas abordé, Vidal voulu faire des recherches sur les gamins capables de tels exploits. Ce qu'il avait découvert chez son fils avait attisé sa curiosité, et il avait besoin d'en savoir plus, de comprendre comment de telles aptitudes pouvaient exister. Alors Rouelle, pensant influencer positivement la décision de la famille de Maxime, avait proposé de fournir au médecin de la matière première pour ses recherches : les adolescents en formation dans son unité. De plus, à la suite du départ à la retraite du docteur du Centre, il avait besoin d'un nouveau praticien pour effectuer les visites médicales de ses jeunes prodiges. C'est ainsi que Laurent Vidal avait fini par travailler deux jours par semaine au Centre pendant quelques années. Le temps que Max atteigne l'âge requis pour rejoindre les autres jeunes qui suivaient les cours, Rouelle aurait toute latitude pour lui montrer combien son fils serait bien là-bas, combien il serait amené à accomplir de grandes choses.

Mais, malgré la complicité que le docteur avait créée avec ses patients, ou alors à cause d'elle, les parents de Max avaient fini par refuser catégoriquement d'envoyer leur garçon en formation. Ils voulaient que leur fils mène une vie normale, qu'il ait une adolescence classique. Un jour peut-être, ils lui parleraient du Centre, quand il serait en mesure de choisir par lui-même. Rouelle leur avait expliqué encore et encore qu'il fallait le former le plus tôt possible pour qu'il puisse exploiter au mieux ses capacités. Il risquait de les perdre avec le temps si on tardait trop. Sans succès. Il avait vu Max lui filer sous le nez. Son héritier potentiel. Celui qui serait aussi fort que lui, aussi doué. Qui pourrait compenser son manque, ce qu'il considérait comme l'échec de sa vie.

C’est alors qu’un plan s’était formé dans son esprit. Il était horrifié de penser à quelque chose d’aussi radical ,et pourtant c’était le plus simple, le plus évident. Et ainsi Max serait à lui.

L'ACCIDENT
(il y a un peu plus de trois ans)

Il se sentait léger comme l'air.

Les vacances avaient été un moment de douceur en famille, loin de la routine, des malades, et surtout loin du Centre. La pression que Rouelle faisait peser sur ses épaules pour le forcer à intégrer Max dans son programme de formation devenait insupportable. Laurent en était même venu à le menacer de le poursuivre pour harcèlement s'il continuait à insister, et Rouelle avait fini par cesser son petit jeu épuisant.

Depuis, son travail auprès des ados se faisait plus sereinement. Les gamins l'aimaient bien et lui faisaient confiance. En plus des visites médicales régulières, ils venaient le voir quand ils avaient un bobo, un mal de tête ou de ventre. Et lui, il étudiait leurs ondes cérébrales, l'activité de leur cerveau durant leurs missions en vision à distance, ou en bilocation. Il y en avait deux qui faisaient des progrès en télékinésie… Ces mômes étaient incroyables. Il savait bien que Max aurait pu faire partie de ce groupe et exceller dans son apprentissage, mais, après mûre réflexion, cela lui avait paru mieux que son fils continue sa petite vie tranquille sans un emploi du temps alourdi par les formations, les missions, la pression qu'on leur mettait pour mener à bien leurs objectifs. Tant pis, son fils ne serait pas un « super-héros », mais il l'aimait comme il était : gentil, posé, généreux, créatif... Cela lui suffisait. Il n'avait pas besoin de plus. On ne pouvait pas ressentir le manque de ce qu'on ne connaissait pas, et Max ne serait jamais frustré de ne pas savoir de quoi il aurait pu être capable.

Les enfants se disputaient gentiment à l'arrière de la voiture. Morgane voulait regarder un film sur la tablette, et Max n'était pas d'accord sur le titre qu'elle avait choisi. Il était en train de négocier avec elle : d'abord son film à lui et ensuite, s'il restait du temps de route, le sien à elle. Mais Morgane ne se laissait pas faire.

Laurent eut un petit rire en les entendant argumenter. Max avait treize ans et Morgane onze, et tous les deux avaient déjà un sacré caractère qui générait parfois des chamailleries sans fin entre eux. Il échangea un regard avec sa femme, qui était aussi amusée que lui.

Le soleil brillait. Le ciel était bleu. La circulation calme sur cette nationale qui coupait en deux une forêt épaisse.

D'un seul coup, un camion apparut comme surgissant de nulle part. Il ne roulait pas sur le bon côté de la route et il fonçait à une allure bien trop élevée. Laurent appuya de toutes ses forces sur la pédale de frein, tout en klaxonnant comme un dératé. Mais c'était trop tard. Le trente-trois tonnes ne semblait pas vouloir les éviter, ou alors ses freins à lui ne fonctionnaient plus. Il leur lançait des appels de phares, comme si cela aurait eu le pouvoir de les faire dévier de cette course morbide. Il les percuta de plein fouet. Le médecin entendit sa femme hurler, ses enfants crier et sangloter. Le bruit de ferraille fut énorme. Il sentit le choc de l'airbag contre son visage, puis plus rien.

Quand il s'éveilla à l'hôpital, sa première question fut pour ses enfants et sa femme. La réponse devait changer sa vie à jamais : ils étaient tous saufs, excepté Maxime. Il n'avait pas survécu. La voiture avait pris feu après le choc. On avait réussi à les extraire tous les trois, mais Max, bloqué dans la carcasse, inconscient, avait péri dans les flammes.

Il n'y avait même pas de corps à identifier. Son magnifique garçon, un bout de son âme, une part de sa vie, avait disparu. Un gouffre qui ne se refermerait jamais s'ouvrit dans son cœur. Il ferma les yeux en espérant que, quand il les rouvrirait, il découvrirait que tout cela n'était qu'un cauchemar, qu'un horrible cauchemar, que la mort, la douleur et la peine auraient disparu. Mais il savait que cela ne serait pas le cas…

Deux mois plus tard, tous les trois sortaient de l'hôpital. Ils déménagèrent, incapables de continuer à vivre dans la maison qui avait abrité Max et tous les souvenirs qui allaient avec lui.

On avait enterré symboliquement le jeune garçon au cours d'une cérémonie à la fois belle et terrible.

Laurent était prêt à quitter le Centre. Il ne pouvait plus voir grandir des jeunes du même âge que Max alors que son propre fils ne verrait jamais son prochain anniversaire. Et puis il avait perdu le goût pour ses recherches. Il les avait menées surtout parce qu'il voulait comprendre comment fonctionnait le cerveau de Max. Pourquoi et comment il était capable de pratiquer la vision à distance, même s'il ne s'en rendait pas compte. Maintenant qu'il n'était plus là, plus rien n'avait de sens. C'était le néant qui habitait le cœur et l'âme du médecin. Il donna sa démission quelques semaines seulement après avoir repris ses fonctions; Il avait prévenu Rouelle de son intention, et l'homme en gris, compréhensif, lui avait laissé le champ libre pour la suite. Il avait également fermé son cabinet médical, incapable de continuer à travailler. Plus tard, il retrouverait une raison de se lever le matin, un nouveau travail, une nouvelle capacité à s'intéresser à quelque chose, mais pas tout de suite. C'est ainsi qu'il avait quitté tout ce qui faisait sa vie d'autrefois.

Même si c'était difficile, il fallait continuer à avancer pour Morgane, continuer à vivre pour faire exister la mémoire de Max. C'était éprouvant, insurmontable, mais indispensable.

C'est ainsi que les journées devinrent des semaines, puis des mois et des années.

Un plan
(aujourd'hui)

Adrien arriva au Centre ce matin-là avec décontraction, comme tous les matins. Il travaillait ici depuis qu'il était ado, et tout le monde le connaissait. Il faisait partie des « meubles », en quelque sorte, et personne ne prêtait une attention particulière à ses faits et gestes. C'est pourquoi il put se rendre en toute tranquillité dans l'aile Sud. Il ne tenta rien, mais nota la position des gardes qui patrouillaient dans les couloirs et à chaque issue. Il nota aussi quelle porte était celle de la chambre dans laquelle se trouvait Max.

Puis il envoya un message à Liza, qui était au lycée :

« Ça va pas être facile, ma belle. Il y a des mecs armés jusqu'aux dents partout. Rouelle est complètement parano, et il a renforcé les mesures de sécurité. Je ne sais pas encore comment on va faire sortir Max. »

La réponse de Liza arriva très vite, à croire qu'elle regardait son téléphone pendant les cours :

« On va trouver quelque chose. Avec tout ce qu'on sait

faire, toute la formation qu'on a reçue, on doit pouvoir se débrouiller ! Je réfléchis et je viens te voir ce soir, après ma mission. Je dois aller espionner un labo je ne sais où. »

« Ça marche, Mistinguett, je t'attends ce soir. »

Adrien retourna à son poste. En ce moment, on utilisait sa capacité de bilocation pour faire la liaison avec une autre branche du Centre qui se situait dans le sud de la France. Plutôt que d'utiliser des solutions de codage compliquées pour faire passer des messages en toute sécurité, Adrien s'en chargeait : il les apprenait par cœur, se projetait là-bas et délivrait les informations retenues. C'était simple, rapide et sécurisé.

La journée passa vite, et la soirée commençait à tomber sur la campagne quand Liza passa le voir. Elle semblait surexcitée et pressée de lui parler. Adrien ferma la porte de son bureau en silence. Ce n'était pas inhabituel : il le faisait toujours quand il avait besoin de calme pour ses affectations.

— Alors ? Quoi de neuf ? Tu m'as l'air d'être une pile électrique.

La jeune fille se laissa tomber sur le canapé tout mou placé contre un des murs de la pièce. Adrien avait besoin de confort pour se concentrer dans les meilleures conditions quand il avait à utiliser ses facultés.

— Tu ne devineras jamais ce qui vient de m'arriver, déclara-t-elle d'une voix qui frôlait l'hystérie.

Le ton d'Adrien était calme.

— Dis-moi.

— On m'a assigné une nouvelle mission. Je devais aller récupérer des données dans un labo. Et tu sais quoi ? C'est celui où travaille le père de Max ! J'en reviens pas !

C'est dingue.

Adrien laissa passer un temps pour absorber l'information.

— Pas tant que ça. Ils avaient sans aucun doute besoin de quelqu'un pour remplacer Max, et tu es réputée pour être la meilleure au Centre.

— Après Max, le corrigea Liza.

Le jeune homme haussa les épaules.

— Je n'en sais rien, et il n'a jamais été au Centre. Ici, c'est toi la plus forte.

— Merci, c'est sympa. Mais bon, peu importe. Le truc c'est que j'ai vite compris où j'étais. Max m'a parlé de sa mission là-bas et de la photo sur le bureau où il est avec sa famille avant l'accident. C'est ça qui lui avait mis la puce à l'oreille.

— Et où veux-tu en venir ?

Liza bondit sur ses pieds et secoua ses mains en l'air pour illustrer son état d'agitation.

— Je peux voir leurs visages ! En me concentrant un peu sur eux, je peux mémoriser tous les détails et, du coup, j'ai le moyen de retrouver ses parents. Et quand je saurai où ils vivent, toi, tu iras les prévenir que Max est ici, vivant. Contre eux, ils ne pourront rien faire !

Adrien se gratta un début de barbe naissante dans le cou en arborant une mine dubitative.

— Ce n'est pas un peu extrême ? Tu imagines, ces pauvres gens qui me voient apparaître d'un coup au milieu de leur salon, leur annonçant que leur fils est vivant, c'est la crise cardiaque assurée, non ?

— Peut-être bien, mais c'est la seule solution. On ne perd rien à essayer, martela Liza avec assurance. Tu l'as dit toi-même, il y a trop d'hommes armés, et on n'est que deux. Max ne peut rien faire tout seul de son côté. Si on crée un drame, avec sa famille qui vient ici pour tout casser tant qu'on leur a pas montré Max, ça peut détourner l'attention, et on a les moyens de faire quelque chose.

Adrien réfléchit quelques instants avant de hocher la tête, un mince sourire étirant ses lèvres.

— OK, Mistinguett, tu as peut-être raison. On ne perd rien à essayer. Dans le pire des cas, le père de Max tente de me tuer sous le coup de la surprise, mais je peux esquiver facilement en disparaissant. À toi de jouer pour les retrouver, et je m'occupe du reste.

— Super ! Et je vais prévenir Max qu'on a un plan. Il faut qu'il reste patient.

— Tu vas faire comment ? Il n'a pas le téléphone dans sa chambre.

— Je t'ai expliqué qu'il pouvait me voir, même quand je suis en vision à distance. C'est un truc qu'il a en plus.

— Ah ouais, c'est vrai. Je n'avais jamais entendu parler de ça. Il est vraiment particulier, ce type. Je comprends pourquoi Rouelle s'accroche à lui comme ça. Un petit joyau dans sa collection de surdoués…

— Yep ! Allez, je suis super énervée, là, j'ai l'impression que je vais exploser si je n'agis pas tout de suite.

— Je ne voudrais surtout pas avoir des bouts de Liza partout sur mes murs, alors tu te calmes et tu fais ce que tu as à faire !

Adrien leva sa main gauche en l'air et Liza tapa dedans.

— Je te tiens au courant de la suite. Garde ton téléphone près de toi !

Confidences libératrices (aujourd'hui)

Ce soir-là, Rouelle se rendit à nouveau dans la chambre de Max. La journée était passée lentement pour l'adolescent. Quand on lui avait apporté son déjeuner, il avait demandé s'il pouvait avoir au moins un livre à lire. Quelques instants plus tard, un de ses gardes armés était revenu avec une brassée de romans pris dans la bibliothèque du Centre. Rouelle avait donné son autorisation pour qu'il puisse en avoir autant qu'il voudrait.

Avec délices, Max s'était plongé dans la lecture et avait oublié brièvement où il se trouvait et pourquoi.

Puis le dîner était venu interrompre son voyage imaginaire, suivi du Pater, qui était revenu prendre sa place sur la chaise en plastique.

— Je ne sais pas quoi faire de toi, Max.

Il poussa un profond soupir. Il avait l'air vraiment fatigué, tourmenté aussi. Lui qui affichait toujours un visage égal, qui semblait ne pas avoir d'émotions, laissait craquer le vernis lisse qui le protégeait jusqu'ici.

— Vous pouvez me laisser partir.

— Je ne pense pas que cette option soit possible. Cette affaire est allée trop loin. Tu es mort aux yeux de tous.

Le Pater passa une main lasse devant ses yeux.

— Je voulais absolument te récupérer, Max. Je savais que tu serais le meilleur. Ton père m'avait dit de quoi tu étais capable sans même avoir été coaché. Ton potentiel m'apparaissait si clairement ! Il en existe un sur mille comme toi et, sans formation, toutes ces merveilleuses facultés allaient être gâchées ! Non seulement ton pouvoir est précieux, mais il est d'une puissance incroyable. Sans que tu le saches, je t'ai envoyé à l'autre bout de la planète, alors que la plupart des autres espions psi ne peuvent pas sortir de la France, au mieux, d'Europe. Ça me semblait insupportable, à l'époque.

Il laissa passer un temps, soupira d'un air las, et continua d'une voix sourde, sans regarder Max dans les yeux.

— La décision définitive de tes parents de ne pas t'envoyer au Centre m'a rendu fou. J'ai fait une sorte de transfert certainement, je me revoyais au même âge que toi, avec toute cette matière brute à explorer et à dompter. J'aurais voulu que tu sois mon fils à ce moment, une sorte de digne descendant de celui que j'ai été. C'est à ce moment-là qu'une idée a germé dans mon esprit : faire de toi mon héritier. Alors j'ai tout organisé. L'accident… C'était quelqu'un payé par le Centre qui conduisait le camion. Il avait ses ordres : il devait provoquer la catastrophe. Dans l'idéal, l'accident devait être savamment dosé pour ne pas vous tuer, mais assez grave pour vous faire croire que c'était possible d'y trouver la mort. À l'arrière du camion se trouvaient mes hommes, qui se sont occupés de tout. Après le choc frontal avec la voiture, ils ont évacué tes parents et ta sœur. Puis ils t'ont récupéré et caché dans la remorque avant de mettre feu à la voiture. La route était déserte, c'était idéal. Ensuite, il était simple de faire croire à ta famille que tu étais mort carbonisé. Il n'y avait même pas besoin de leur montrer un cadavre défiguré pour leur faire avaler ce mensonge. La police a conclu à un malheureux accident. On a retrouvé quelques traces de ton ADN – qu'on avait soigneusement laissées sur place avant l'arrivée des secours. On t'a emmené dans une clinique privée, gérée en partie par le Centre. Là-bas, on t'a guéri. Tu étais vraiment dans le coma et un peu plus abîmé que prévu.

Max écoutait attentivement l'histoire balbutiée par Rouelle. On sentait que l'homme avait du mal à la raconter, il butait sur les mots, mais en même temps ses traits affichaient un réel soulagement. Se confesser lui faisait du bien, ôtait un poids qui pesait sur sa poitrine depuis longtemps. Trois ans de mensonges, de tromperies, de dissimulation.

— Pour tout t'avouer, j'ai eu peur que tu ne t'en sortes pas, d'avoir fait la plus grande bêtise de ma vie. Et d'une certaine manière ça a été la plus grande bêtise de ma vie : je n'avais pas vraiment pris conscience que j'allais séparer un enfant de sa famille comme je l'ai fait, avec toutes les conséquences douloureuses et traumatisantes. Mais tu es également ma plus grande réussite, Max. Tu n'en es qu'au début de ton parcours psi. Tes capacités sont bien plus étendues et puissantes que tu ne le soupçonnes aujourd'hui. Je peux te mener à un niveau exceptionnel.

— Je ne veux pas de niveau exceptionnel. Je veux retrouver ma famille. Je veux que vous répariez ce que vous avez détruit.

La voix de Max était étranglée de colère. Même s'il avait fini par se douter que sa situation avait été provoquée par le Pater, l'entendre la raconter, connaître les détails – ses parents pensaient qu'il était mort brûlé ! –, le prenaient à la gorge, faisaient monter en lui une rage énorme, comme une vague géante. Il serrait les poings et devait faire appel à tout son self-control pour ne pas sauter au cou de Rouelle et lui faire du mal, provoquer autant de douleur que la boule brûlante à l'intérieur de lui générait. Mais il se retint en utilisant les techniques apprises depuis trois ans : trouver le calme, gérer ses émotions en puisant au plus profond de lui. Déjà parce qu'il savait qu'on le maîtriserait aussitôt – les gardes étaient toujours juste de l'autre côté de la porte –, et ensuite parce qu'il se disait qu'il avait encore besoin du Pater pour s'en sortir. Peut-être que ce dernier, rongé par les remords, finirait pas céder ? Ou alors il le ramènerait chez lui et, là-bas, Max trouverait un moyen de s'enfuir plus facilement que dans la forteresse qu'était le Centre.

— C'est impossible. Tout est allé trop loin. C'est pour ça que je ne sais pas quoi faire de toi.

Et, comme s'il avait lu dans les pensées du jeune homme, il continua :

— Te ramener à la maison ? Tu trouverais un moyen de t'échapper à nouveau, et j'imagine qu'à présent notre quotidien, tous les deux en tête-à-tête, deviendrait un cauchemar aussi bien pour toi que pour moi.

Te garder ici ? C'est une option. Il y a des hommes qui patrouillent et te surveillent. Tu pourrais suivre les formations avec les autres jeunes et te sentir un peu moins à l'étroit que chez nous. Mais on va poser des questions : qui es-tu ? Pourquoi tu es surveillé de la sorte ? Et pour l'instant je ne crois pas que tu sois prêt à jouer le jeu et à raconter l'histoire que nous pourrions inventer pour tout expliquer. Donc, je me vois contraint de te laisser enfermé ici. Crois-moi, ça me désole, parce que pendant ce temps ton talent n'est pas exploité, et tu ne progresses pas.

— C'est tout ce que vous trouvez à me dire ? Pas un « Je suis désolé », « Je m'en veux », « Je n'aurais jamais dû faire ça » ? répliqua Max d'une voix glaciale, après un temps.

Le discours du Pater sur la suite l'avait laissé de marbre. Ce n'était pas ça qui comptait ! Ce qui était important, c'était qu'une famille entière avait été détruite à cause de cet homme, et que ce dernier n'était pas prêt à améliorer les choses. Il continuait dans sa logique étroite, mesquine, égoïste.

Rouelle haussa les épaules.

— Il n'est pas dans mes habitudes d'exprimer des regrets. Je n'aime pas ce que j'ai fait et je n'en suis pas fier, mais je ne regrette pas. Ma décision était mûrement réfléchie et, aujourd'hui, tu es un espion brillant. Dans quelques années, quand tu verras de quoi tu es vraiment capable, tu me remercieras de t'avoir tiré de la vie médiocre que tes parents avaient choisie pour toi.

Max comprit alors qu'il ne pourrait jamais faire entendre raison au Pater. L'homme gris était enfermé dans un mode de raisonnement qui lui paraissait normal, logique, alors qu'il était choquant, odieux. Il n'obtiendrait rien de lui. Ni excuses ni solution pour retrouver sa famille. Maintenant, il savait qu'il devait se débrouiller tout seul. Cette résolution prit forme en lui, le sortant doucement de l'apathie dans laquelle il était plongé depuis qu'on l'avait repris et enfermé ici.

Et puis, pour la première fois depuis des années, l'adolescent n'était plus seul ! Il y avait Liza et Adrien, qui étaient prêts à l'aider. Cette solidarité le touchait et lui prouvait que le monde n'était pas complètement pourri. L'espoir revenait doucement. Oui, il finirait par revoir ses parents !

Rouelle ne se doutait pas du cheminement des pensées du garçon. Il le contemplait, silencieusement, espérant peut-être une réponse de sa part. Max lui offrit celle qu'il espérait.

— Je resterai au Centre, affirma-t-il. Je ne veux pas rentrer dans cette maison qui m'a servi de prison pendant ces trois dernières années. Je ne supporterai pas de vivre sous le même toit que vous sachant ce que vous nous avez fait. Mais le Centre me semble être la bonne solution pour l'instant.

Rouelle eut l'air blessé, mais soulagé à la fois. Max ne lui débitait pas un discours vengeur rempli de menaces d'évasion, qui n'avait aucune chance d'aboutir de toute façon. Il lui facilitait la tâche, et c'était très bien ainsi.

Il se leva lentement, hocha la tête et dit d'une voix basse :

— Très bien. Je vais faire apporter tes affaires. Par contre, pour l'instant, tu resteras confiné dans cette pièce. Les professeurs viendront te faire cours ici. Je ne veux pas que tu aies des contacts avec les autres, ni accès aux ordinateurs. Il pourrait te prendre l'envie de contacter tes parents. À mon avis, ils penseraient que c'est un canular et s'en trouveraient plus blessés qu'autre chose, mais je ne veux pas prendre le moindre risque. Quand tu seras plus docile – et je sais que ça finira par arriver –, nous réviserons les conditions de ton séjour ici. Tu pourras te promener, sous bonne garde, dans le grand jardin qui borde le Centre, mais seulement le soir, quand tous les élèves seront rentrés, afin qu'ils ne te croisent pas.

— Très bien, murmura Max.

— Bonne nuit, mon garçon, dit gentiment le Pater.

Mais l'adolescent ne lui répondit pas. Il se contenta de se rallonger et de lui tourner le dos.

Le docteur Laurent Vidal (aujourd'hui)

Liza n'avait jamais été aussi impatiente de partir en mission. Quand elle avait compris qu'on l'avait envoyée dans le laboratoire où travaillait le père de Max, elle avait trouvé que la vie faisait bien les choses. Peut-être que, après avoir séparé Max des siens, le destin avait décidé qu'il était temps de tout faire pour les réunir.

Lorsqu'elle avait effectué sa première visite des lieux, la jeune fille avait scrupuleusement rempli sa mission pour ne pas éveiller les soupçons. Elle avait pris de nombreuses notes, était revenue dans son corps, au Centre, pour s'entendre dire qu'elle avait bien travaillé. Personne ne se doutait de rien, personne ne savait qu'elle était en contact avec Max, qu'elle savait tout de lui et qu'elle allait utiliser ses compétences pour le sauver. Et surtout, personne ne s'imaginait qu'elle avait repéré (avec un choc qui avait failli la tirer de sa concentration) la photo sur le bureau. C'est comme ça qu'elle avait compris où elle se trouvait. Le visage de Max, même plus jeune, ne lui laissait aucun doute.

À nouveau, elle se trouvait au quatrième étage du bâtiment, là où les chercheurs faisaient leurs manipulations sans savoir qu'une jeune fille blonde à mèches roses les espionnait. Avec le plus d'efficacité possible, elle compilait toutes les informations à communiquer aux gens du Centre, pour qu'ils aient la conviction qu'elle faisait son travail consciencieusement. Mais, au bout d'un moment, après avoir fini de collecter toutes les informations possibles dans la partie bureau, là où se trouvaient les ordinateurs, elle retourna examiner la photo dont Max lui avait parlé. Elle eut le cœur serré en regardant leurs sourires, leur joie. Quelle tragédie, quelle horreur, toute cette histoire. Elle se sentait, plus que jamais, dans la peau d'une justicière dotée de capacités qui serviraient à faire le bien, à sauver les gens. Elle commençait avec Max, mais elle se promettait que, plus tard, l'humanité deviendrait meilleure grâce à elle. Avec efficacité, elle entreprit de retenir tous les détails des visages de ses parents afin de les retrouver une fois qu'elle aurait fini son travail ici.

Elle était tellement habituée à mémoriser tout en quelques instants qu'elle n'eut pas besoin de rester plus longtemps. L'image était gravée dans son esprit.

Une fois sa mission en vision à distance terminée, elle rentra chez elle, satisfaite. Elle avait hâte de prévenir Max de ce qui venait de se passer : maintenant qu'elle avait trouvé la photo, elle pouvait retrouver ses parents.

On était vendredi soir, et elle ne retournerait pas au Centre avant lundi. Elle avait le temps de passer à l'action, avec Adrien.

La maison était vide, sa mère était à la babygym avec les jumeaux. Liza avala quelques carrés de chocolat avant de s'enfermer dans sa chambre. Là, elle s'assit en tailleur sur son lit et se concentra sur Max.

Maintenant, c'était facile de le trouver. Non seulement elle le connaissait bien, mais elle savait exactement où il était. En une poignée de secondes, elle se projeta dans sa chambre au Centre. Il était allongé sur le lit et lisait un livre. Une montagne de romans se trouvait sur la table en plastique et un sac plein de vêtements était posé au pied du placard. Visiblement, son ami était destiné à rester là un petit moment, ce qui arrangeait bien ses plans.

Max devina tout de suite qu'elle était là car il leva les yeux de son histoire et lui sourit.

Il semblait heureux de la voir, et la jeune fille se dit qu'il devait s'ennuyer ferme, tout seul, ici.

— Max, il faut que je te raconte, c'est complètement dément ! On a un plan de folie avec Adrien !

Le garçon lâcha son livre et s'assit sur son lit, ses yeux s'emplirent de lumière aux paroles de se son amie.

— Vas-y, raconte !

Rapidement, Liza lui exposa sa mission au labo, sa volonté de retrouver ses parents. Elle était heureuse de lui apporter un peu de réconfort, d'avoir une vraie solution à lui proposer.

— Moi, je ne peux pas communiquer avec eux. Même si je vais chez eux, ils ne sauront jamais que je suis là. Ce n'est pas comme toi qui peux me voir. Et je ne peux pas interférer avec mon environnement comme leur laisser un petit mot ou un indice, mais Adrien peut le faire ! Lui il peut apparaître devant eux clairement et leur parler, leur raconter ce qui se passe ici. Dès que j'aurai découvert leur adresse, je la lui transmets pour qu'il se projette là-bas en bilocation.

Elle vit l'excitation gagner son ami. Il bondit sur ses pieds, pris d'une agitation bien compréhensible. Liza ne l'avait jamais vu aussi content, mais déterminé aussi.

— C'est génial, ton plan est génial ! Je me suis projeté chez eux, en me servant moi aussi de la photo du labo. Je les ai vus en train de dîner, mais je suis tellement bouleversé de les voir, de les découvrir vivants, que je n'arrive pas à rester concentré, je tiens quelques secondes seulement.

Liza hocha la tête d'un air entendu.

— Tu m'étonnes ! Moi, à ta place, je serais déjà en train de pleurer toutes les larmes de mon corps si je vivais tout ça ! Tu m'impressionnes en arrivant à rester aussi calme. Mais ne t'en fais pas. Je m'en occupe pour toi. Si tu le veux bien.

Max se tourna vers elle, fit un pas dans sa direction comme s'il voulait la serrer dans ses bras, avant de se rappeler qu'elle n'était pas vraiment là et qu'il était le seul à voir.

— Évidemment ! Merci, Liza, je te suis reconnaissant à vie !

— Tu m'inviteras au ciné, quand ça sera fini, d'accord ?

— Avec plaisir.

Liza le vit rougir un peu et le trouva encore plus mignon.

— Allez, je file les retrouver. Tiens bon, on est là !

Et sur ces mots, elle rouvrit les yeux dans sa chambre. Son cœur battait la chamade. Jamais elle n'avait eu l'impression de faire quelque chose d'aussi important. Dans sa tête dansait l'expression de Max. Rien que pour voir une fois de plus son sourire, sa joie, elle était prête à tout. C'était comme dans les contes, sauf que les rôles se trouvaient ici inversés : c'était lui le prince enfermé dans sa tour qu'il fallait sauver, et elle la chevalière intrépide qui allait tuer le monstre le retenant prisonnier. Elle espérait bien un baiser de remerciement à la fin !

D'un geste vif, elle attrapa la bouteille d'eau qui se trouvait sur son bureau, avala plusieurs gorgées, se remit en tailleur sur son lit et ferma les yeux…

Cette fois, c'était plus difficile, parce qu'elle n'avait qu'un seul élément pour trouver le chemin. Les traits du père de Max lui revinrent en mémoire. Elle se disait qu'il avait dû vieillir un peu, mais c'était le même homme. Il était relié à Max, même s'il pensait que ce lien n'existait plus.

Tout comme le jour où elle avait dû retrouver le garçon à partir d'une photo, sur les ordres de Rouelle, elle suivit la route qui la conduisait au docteur. Sa quête dura plusieurs minutes. Elle suivait sa piste à tâtons, comme dans le noir. Et puis, après un moment, elle trouva la bonne voie qui menait là où elle voulait aller. Comme au bout d'un long tunnel, une lumière se dessinait devant elle. Elle la suivit, quitta l'obscurité pour arriver dans un vaste séjour. Une maison décorée avec goût. Sur les étagères d'une grande bibliothèque, des photos de famille. Certaines dataient de l'époque où Max était avec eux, d'autres où il n'était plus là. Un grand portrait du garçon âgé d'une douzaine d'années trônait sur un buffet.

Même si elle le savait bien vivant, Liza eut la gorge nouée en découvrant la douleur générée par une tragédie qui n'était en fait qu'un monstrueux mensonge pour les membres de cette famille.

Le père de Max était là, assis sur le canapé, il lisait un magazine de santé. Il portait des petites lunettes, concentré sur son article. Évidemment, il n'avait aucune idée qu'une jeune fille l'observait, avec une émotion qui faisait battre son cœur de manière désordonnée.

Liza se ressaisit. Elle était là en mission. Pas pour le Centre, mais en mission quand même, et à ses yeux celle-là était bien plus importante que toutes les autres parce qu'elle y trouvait un sens, une dimension humaine qui lui échappait habituellement, tellement les autres étaient entourées de secrets.

Elle fit le tour du séjour, cherchant un élément qui lui indiquerait l'adresse des parents de Max. Sans succès, elle se rendit dans l'entrée. Près de la porte, une console en bois blanc était décorée d'une plante verte et d'un petit panier tressé dans lequel des enveloppes s'empilaient. Le courrier du jour !

Elle se pencha, et l'adresse lui apparut clairement. Les Vidal vivaient dans une petite ville de la banlieue parisienne. Soudain, un bruit la fit sursauter et pivoter sur elle-même. Un gros matou parfaitement noir miaulait comme un beau diable en la fixant de ses yeux jaunes. On disait souvent que les chats étaient capables de sentir ce qu'un humain ne pouvait pas percevoir. Et il semblait bien que le félin avait deviné sa présence et informait la famille qu'un intrus hantait leur couloir.

Liza se pencha vers l'animal.

— Mais tu es trop mignon, toi ! Je rêve d'avoir un chat, tu sais, mais malheureusement mon beau-père est allergique. Quand Max sera revenu vivre ici, je viendrai juste pour te câliner.

Le chat feula copieusement quand elle avança sa main. Évidemment, elle ne pouvait pas le caresser, n'ayant pas d'enveloppe corporelle.

— Que se passe-t-il, Roméo ? demanda une voix.

Une jeune fille, un peu plus jeune que Liza, arriva dans l'entrée. Sa ressemblance avec Max était frappante. Les mêmes yeux gris, les mêmes pommettes ciselées. Morgane.

Elle se pencha vers le chat et l'attrapa dans ses bras.

— Tu vas te calmer, oui ? Il n'y a rien ici. Tu es complètement paranoïaque, mon pauvre.

Elle repartit de là où elle venait en gardant le chat contre elle. Par-dessus son épaule, le matou continuait à fixer Liza de ses pupilles en amande.

— À plus tard, Roméo ! murmura Liza.

Elle rouvrit les yeux dans sa chambre, nota rapidement l'adresse des Vidal sur un Post-it et appela Adrien.

— C'est bon. Je sais où ils vivent.

— Parfait, Mistinguett. Je vais aller faire un tour chez eux. J'espère que je ne vais pas provoquer de crise cardiaque dans sa famille. Max compte sur nous pour les retrouver vivants…

Liza eut un petit rire.

— Je suis certaine que tout va bien se passer… Il le faut !

Elle raccrocha, les yeux brillants d'excitation et d'impatience. Ce soir, les parents de Max apprendront que leur fils est vivant…

Une visite inattendue (aujourd'hui)

Morgane zappait sur la télécommande de la télé en arborant un air blasé. Elle disposait de plus de deux cents chaînes, et pourtant rien ne lui faisait envie. Elle grogna et éteignit l'écran avant de saisir le livre qu'elle avait à lire pour son cours de français. En soupirant, elle passa de la position assise à la position allongée sur le canapé et tenta de se concentrer sur les mots qui s'enchaînaient sur la page. Dire que là-haut, dans sa chambre, sur sa table de chevet, le dernier best-seller qui allait bientôt être adapté au cinéma l'attendait et elle devait se farcir ce roman semblant daté du temps des dinosaures.

Au bout d'un moment, alors qu'elle parvenait enfin à reprendre le fil de l'histoire, un bruit éclata dans le salon. Une pile de DVD qui attendait sur le bureau de son père – où il ne travaillait jamais et sur lequel s'entassaient des films, des factures, des bouquins, une boîte métallique dans laquelle on enfermait tout ce qu'on ne savait pas où ranger – s'écroula par terre. Morgane se redressa vivement et découvrit un jeune homme très grand et mince comme une asperge, au nuage de cheveux improbable entourant son visage, au milieu du salon. Après un instant de stupeur, elle hurla à pleins poumons, terrorisée par l'apparition de cet inconnu chez elle.

Ses parents se ruèrent en même temps dans la pièce et pilèrent face à cette présence incongrue dans leur maison. Le premier à reprendre ses esprits fut Laurent.

— Adrien ? Mais…

Le jeune homme se retourna vers lui, et son visage exprima une stupéfaction totale.

— Docteur Vidal ? C'est bien vous ?

— Mais qu'est-ce que tu fais là ?

— Qui est-ce ? demanda sa femme d'une voix un peu trop aiguë. Comment est-il entré ici ? Morgane, tu lui as ouvert ?

— Jamais de la vie ! Je lisais tranquillement, et il est apparu comme par magie. J'ai cru que j'allais faire une crise cardiaque.

Laurent fit un geste apaisant de la main.

— Ne vous en faites pas, je le connais, c'est un de mes anciens patients.

Morgane et sa mère échangèrent un regard étonné, mais ne dirent rien. Elles ne connaissaient pas les patients de Laurent et, en raison du secret médical, il ne parlait jamais d'eux à sa famille. Même si ça n'expliquait pas la présence de ce géant dans leur salon, c'était déjà moins inquiétant de savoir qu'il n'était pas un inconnu.

Puis, s'adressant directement à Adrien, Laurent demanda :

— Pourquoi es-tu là ? Comment m'as-tu retrouvé ?

— J'ai eu votre adresse par Liza.

Le docteur releva un sourcil.

— Je ne connais pas de Liza.

— Ah oui, elle est arrivée au Centre après votre départ.

— Le Centre, qu'est-ce que c'est, le Centre ? s'inquiéta Sophie.

Laurent eut un geste agacé qui exigeait le silence. Il était sous le choc : son passé, qu'il avait soigneusement enterré, refaisait surface. Le Centre… Adrien, qui était l'un de ses patients et sujet d'études, là-bas…

— Sophie, s'il te plaît… Je t'expliquerai après, dit-il d'une voix douce pour se faire pardonner son emportement, avant de continuer à l'adresse d'Adrien. Et pourquoi Liza t'a donné mon adresse alors qu'elle ne me connaît pas ?

Adrien se gratta la tête, faisant trembler la masse de ses cheveux vaporeux.

— En fait… On fait ça pour Max.

Cette fois, tout le monde se figea.

— Pardon ?

La voix du docteur était devenue basse, sourde.

— Max… Il est prisonnier au Centre.

— Adrien, ce n'est pas drôle. Max est…

Cette fois, l'immense jeune homme fit un pas vers lui, le forçant à s'interrompre.

— Non, justement ! Il n'est pas mort ! Vous entendez ? Max n'est pas mort ! C'est Rouelle qui l'a gardé chez lui après l'accident. Votre fils aussi pensait que vous aviez disparu, c'est pour ça qu'il n'a jamais tenté de vous retrouver, mais il a fini par apprendre la vérité… Et il s'est enfui, puis il s'est fait reprendre, et maintenant il est au Centre dans l'aile sud. Je lui ai parlé comme je vous parle là.

Sophie, la mère de Max, se laissa lourdement tomber sur le fauteuil à côté d'elle.

— De quoi parle-t-il Laurent ? Max ? Je ne peux…

Elle fut incapable de terminer sa phrase.

— Tu es au Centre en ce moment ? demanda le médecin d'un ton qu'il tentait de garder ferme.

— Non, je suis chez moi. Je ne bosse pas là-bas le soir. Mais je l'ai vu il y a quelques heures à peine. Il avait réussi à fuir et il est allé à Issy-les-Moulineaux, dans le labo où vous travaillez, malheureusement il s'est fait choper là-bas.

Cette fois, c'est Laurent qui se laissa tomber sur le canapé, à côté de Morgane, qui était devenue pâle et n'avait pas prononcé un mot, assistant à l'échange en tentant de comprendre au mieux ce qui se jouait.

— Papa ? finit-elle par demander d'une toute petite voix. C'est qui ? Pourquoi il parle de Max ?

— Il faut que j'aille là-bas. Si ce que tu dis est vrai…

— Je vous jure que c'est la vérité, docteur. Vous me connaissez, vous savez que je ne vous raconterais pas des histoires pareilles juste pour le plaisir. Je vous ai toujours bien aimé. Vous avez toujours été gentil avec moi…

Le silence tomba sur la pièce. Lourd, plein de questions, de douleur aussi.

— Très bien, alors en route. Je prends ma voiture. Je te retrouve là-bas, Adrien.

— Attendez… l'interrompit le jeune homme. Il est tard. Et il y a encore un peu de monde qui traîne au Centre, le vendredi soir. Demain, c'est samedi, il sera vide, en dehors du service de sécurité. Il vaut mieux que vous attendiez demain matin…

Laurent parut réfléchir un moment. Maintenant qu'il savait ça, il n'avait qu'une hâte : se précipiter au Centre, délivrer son fils, s'assurer que tout était vrai et, si c'était le cas, le serrer contre son cœur. Mais il finit par acquiescer.

— Tu as raison. Mais j'y serai à la première heure demain.

— J'y serai aussi, doc, vous pouvez compter sur moi.

Le jeune homme disparut comme il était apparu, d'un coup, sans explication rationnelle. Tout le monde resta interdit un moment, aussi bien sous le choc de ce prodige que celui de la révélation qu'il venait de leur faire.

Sophie se redressa enfin et demanda un peu trop fort :

— Laurent, qu'est-ce que c'est que tout ça ? Où est-il passé ? Pourquoi disait-il que Max est vivant ? Je ne peux pas croire… C'est impossible…

Elle fondit en larmes.

Son mari finit par se lever et, avec tendresse, passa une main sur ses cheveux. Ses yeux aussi étaient pleins de larmes qu'il avait du mal à retenir.

— Je pense qu'il dit vrai. Je connais Adrien… Il était mon patient, il y a quatre ou cinq ans, quand je travaillais pour un organisme un peu particulier appelé le Centre. Je n'y allais que deux jours par semaine et je suivais une vingtaine de jeunes là-bas.

— Pourquoi tu ne m'en as jamais parlé ?

— Parce que c'était ultra confidentiel. Cela portait sur des expériences très spéciales, des enfants aux pouvoirs psi…

— Comme ceux de Max ?

— Oui, j'ai découvert son existence après les expériences que Max a vécues sans même le savoir.

Cela s'appelle de la vision à distance. J'étais passionné par le sujet, je voulais comprendre notre fils, comment il fonctionnait, pourquoi il était capable de tout ça. Alors j'ai accepté de travailler là-bas et d'étudier des ados qui avaient les mêmes talents que Max. J'ai posé ma démission quelque temps après l'accident. J'ai signé une clause de confidentialité avant de partir… Mais j'imagine que ça ne compte plus, aujourd'hui, si Adrien dit la vérité.

Sophie aspira plusieurs goulées d'air pour se calmer et arrêter ses larmes.

— Et tu es certain qu'il te dit la vérité ?

— Après toutes ces années ? Il débarque comme ça dans notre salon ? Il ne savait même pas que c'était de moi qu'il s'agissait, il avait l'air surpris de le découvrir, et il connaissait notre histoire, le prénom de notre fils. Je pense que oui. Je ne vois pas pourquoi il inventerait tout ça. Et Rouelle… Je travaillais pour lui. C'est lui qui voulait Max, absolument. Il me disait qu'il avait un potentiel énorme, il voulait le former.

— Je me souviens, tu m'avais vaguement parlé d'une organisation qui pouvait le gérer et lui apprendre à maîtriser les déplacements inconscients qu'il effectuait.

— Oui, c'était le Centre. J'ai refusé. Rouelle était en colère… Mais je n'aurais jamais pensé qu'il…

Un hurlement l'empêcha de continuer. C'était Morgane qui, sortant de sa stupeur, avait sauté sur ses pieds et criait dans le salon :

— Mais arrêtez de parler ! On s'en fiche de tout ça ! Vous vous rendez compte ? Mon frère est vivant ! Mon frère est vivant !

Et ce fut son tour de fondre en larmes.

Sophie se leva et prit sa fille dans ses bras.

— Calme-toi, ma chérie. On va y aller, on va chercher ton frère. Demain à l'aube, on sera là-bas. Mais toi, tu restes ici.

— Oui, renchérit son père. Ça peut être dangereux. Le Centre a des moyens et des hommes pour le protéger. On y va tous les deux, et toi, ma chérie, tu nous attends ici. Si jamais tu vois que nous tardons, tu préviens la police. Je vais laisser l'adresse du Centre sur mon bureau au cas où tu devrais les appeler.

Morgane hocha la tête en reniflant.

— Allez le chercher. Ramenez-le vite…

L'attaque
(aujourd'hui)

Max avait à peine fermé l'œil de la nuit. Sur son lit trop dur, il avait tourné et retourné non seulement son corps impatient, mais aussi ses pensées inquiètes. Est-ce que ses amis allaient y arriver ? Qu'allait-il se passer ?

Il n'en savait rien, mais il espérait que cette journée serait celle de la résolution de toute cette histoire.

À l'aube, il était levé, planté devant la fenêtre équipée de barreaux. Dehors, la campagne était plongée dans une pénombre grise. Les champs qui entouraient le Centre se noyaient dans une brume fantomatique. Max aimait bien cette ambiance : un calme étrange et mystérieux entourait le bâtiment, l'isolant du reste du monde. À cet instant, il n'existait que ça : les murs dressés entre lui et la liberté, la possibilité de revoir ses parents, la fébrilité qui montait en lui.

Il aurait aimé se projeter à l'extérieur de sa chambre, voir ce qui se passait dehors, mais il était trop énervé pour se concentrer. Son cœur cognait sourdement dans sa poitrine, résonnait dans ses tempes, le sang dans ses veines semblait s'être épaissi et pulsait au bout de ses doigts, dans son cou.

Au milieu de la campagne vide et silencieuse, une voiture fonçait sur les petites routes trouées de nids-de-poule. Les phares blancs perçaient le brouillard et faisaient naître des formes inquiétantes dans les volutes pâles. Des corbeaux volaient tout près du véhicule, comme pour l'escorter.

Au volant du véhicule, Laurent Vidal gardait les yeux fixés sur le chemin.

— Ça fait longtemps que je ne suis pas venu ici, mais j'ai l'impression que c'était hier, murmura-t-il.

Sophie, près de lui, était livide, les lèvres pincées. Elle n'avait pas dormi de la nuit. Silencieusement, elle était descendue dans le salon et avait sorti un album photo dans lequel se trouvaient tous les souvenirs de Max depuis sa naissance. Elle l'avait constitué après l'accident et ne l'avait plus ouvert depuis. Elle en était incapable. Retrouver son visage, son sourire, était au-dessus de ses forces, mais, pour la première fois depuis quasiment trois ans, elle avait ressenti le besoin d'en tourner les pages, de se réapproprier les traits de son fils.

En fixant les portraits, elle tentait de l'imaginer maintenant. Un enfant, ça changeait beaucoup en trois ans, surtout à cet âge. Est-ce qu'il avait beaucoup grandi ? Est-ce qu'il commençait à avoir du poil au menton ? Sa voix avait dû muer…

Pendant des heures, elle s'était contentée de tourner les pages, les unes après les autres, s'arrêtant devant certaines photos qui lui rappelaient les beaux souvenirs d'une vie disparue le jour où on lui avait annoncé la mort de son fils.

Ce matin, elle était prête à affronter n'importe quelle situation pour revoir Max, pour le ramener chez eux. Elle se demandait encore si toute cette histoire était vraie. Elle avait du mal à y croire, s'interrogeait sur sa santé mentale : est-ce qu'elle avait rêvé qu'un jeune homme était apparu d'un coup dans son salon, pour disparaître comme par magie ? Était-ce une illusion ? Une farce ? Mais si c'était une hallucination, elle l'avait partagée avec Laurent qui, lui, ne semblait pas du tout surpris par la situation.

La route semblait ne mener nulle part. Le jour s'éclaircissait plus franchement. Une douce lumière dorée et rasante perforait légèrement les écharpes de brume.

Soudain, comme une apparition, un grand complexe blanc moderne surgit devant eux. Percé de baies vitrées et de larges fenêtres, il donnait l'impression qu'il s'était perdu au milieu des champs, qu'il se trouvait présent ici par erreur.

— C'est le Centre ? demanda Sophie d'une voix basse.

— Oui. C'est là.

Les doigts de Laurent se resserrèrent sur le volant jusqu'à faire blanchir ses articulations. Il arriva sur le parking qui s'élargissait devant l'entrée du bâtiment. Il y avait peu de voitures. Il était encore tôt et, surtout, c'était le week-end. Les élèves, les employés, les chercheurs qui travaillaient là étaient présents seulement pendant la semaine. En ce samedi, seule la sécurité serait sur place, comme le lui avait affirmé Adrien. C'était déjà bien suffisant.

Quand il se gara, Laurent aperçut tout de suite la haute silhouette d'Adrien sortir d'une voiture à l'arrêt et venir vers eux, accompagné d'une jeune fille aux cheveux blonds parsemés de mèches roses.

— Salut, doc.

— Bonjour, Adrien. Je vois que tu t'es levé tôt.

— Oui, je suis le premier épaté, mais les temps changent, que voulez-vous ! plaisanta le jeune homme pour détendre l'atmosphère. Et on a une mission importante.

L'adolescente qui l'accompagnait tendit sa main sans timidité.

— Je suis Liza, se présenta-t-elle.

Les Vidal lui rendirent son salut avec chaleur.

— Enchanté, Liza. Merci pour ton aide.

— Pas de quoi. Je suis heureuse de pouvoir le faire.

Elle mâchait un chewing-gum avec conviction et semblait très décidée à passer à l'action.

— Qu'est-ce qu'on fait maintenant ? demanda Sophie.

— J'ai mon badge pour entrer, ça va nous aider, précisa Adrien en dégainant une carte magnétique avec sa photo dessus. C'est l'avantage de bosser ici.

Et, sans un mot de plus, il se dirigea vers la porte coulissante du Centre, qui ne s'ouvrait qu'aux privilégiés possédant le précieux sésame.

Adrien passa son badge sur le lecteur, et les deux battants transparents glissèrent silencieusement.

Ils entrèrent tous les quatre en même temps. Sur les dalles claires et parfaitement propres, leurs semelles ne faisaient aucun bruit.

— Ça n'a pas changé, souffla Laurent de façon presque inaudible.

Un homme en costume sombre, une véritable armoire à glace, surgit du bureau vitré qui se trouvait près de l'entrée.

— Excusez-moi, quelle est la raison de votre visite ? demanda-t-il.

— Salut, je bosse ici, expliqua Adrien en lui montrant sa carte d'accès.

— Je vous reconnais, ainsi que toi, répliqua le gardien en pointant Liza du menton. Mais les autres ?

— Ils sont là pour rendre visite à leur fils.

Adrien parlait avec assurance. Sa voix ne tremblait pas. Il affichait même un petit sourire narquois que le vigile ne semblait pas remarquer.

— Leur fils ? Il n'y a personne ici. C'est le week-end. Il faut repasser dans la semaine.

— Je crois qu'il y a quelqu'un ici, justement, répliqua le jeune homme. Il est enfermé dans l'aile sud.

Le cerbère eut un temps d'arrêt, surpris par cette affirmation.

— Je ne pense pas que cela vous regarde, finit-il par répondre avec lenteur.

— Au contraire, puisque ses parents sont là, ça nous regarde parfaitement.

Adrien se tourna alors vers Laurent et lui fit un clin d'œil. Rien d'autre. Mais le docteur Vidal savait ce que cela signifiait. Alors que le jeune homme discutait avec le gardien, il était ailleurs en même temps.

Max tournait en rond dans sa chambre. Aucun son ne lui parvenait de l'extérieur. Le jour s'était levé, révélant une campagne vide, couverte d'un léger givre qui lui donnait un aspect argenté sous le soleil pâle. Soudain, Adrien apparut dans sa chambre.

— Ils sont là, s'empressa-t-il de dire. Dans le hall. Il faut que tu attires l'attention de l'homme qui surveille ta chambre afin qu'il ouvre ta porte.

Puis il disparut.

Il fallut un temps à Max pour réagir. D'un seul coup, ce n'était pas seulement un rêve, un espoir. C'était la réalité : ses parents étaient là, dans le même bâtiment, à seulement quelques mètres de lui. Puis il se secoua. Depuis tout à l'heure, il n'attendait que ce signal, ce n'était pas le moment de s'effondrer sous le coup de l'émotion ! Il attrapa la chaise en plastique et se mit à frapper la porte de toutes ses forces en hurlant à pleins poumons.

— Laissez-moi sortir ! Je veux sortir d'ici !

Il tapa, tapa. Enfin une voix résonna de l'autre côté.

— Tu vas te calmer, oui ? Ça suffit.

Mais cela ne fit qu'augmenter l'ardeur de l'adolescent, qui se mit à taper de plus belle, à donner des coups de pied en plus, à vociférer encore et encore.

Enfin, il entendit la clef tourner dans la serrure.

— Ça suffit, maintenant ! Écarte-toi de la porte, gamin.

Il se recula et répondit, la voix enrouée par ses cris.

— Entendu.

Max reposa la chaise. L'homme passa sa tête dans l'entrebâillement de la porte.

— Qu'est-ce qui te prend d'un coup ? Je vais appeler Rouelle, si tu continues.

— Mais faites, je vous en prie.

Et Max fit un bond en avant, poussa violemment la

porte, la refermant sur le cou de son gardien de prison.

L'homme poussa un cri, se projeta en arrière, laissant la chambre ouverte.

Le garçon en profita pour se ruer dans le couloir. Son geôlier se tenait la gorge, plié en deux.

Quand il vit que Max s'échappait, il ignora sa douleur et s'élança derrière lui. Il l'attrapa au bout de quelques mètres, mais Max était prêt et, en quelques coups, il le mit à terre. S'il devait remercier le Pater pour une chose, c'était pour les cours de krav-maga. Il n'aurait jamais pensé qu'ils lui serviraient autant.

Toutefois, l'homme n'avait pas perdu connaissance, et Max l'entendit parler dans son talkie-walkie d'une voix étranglée.

— Il s'échappe ! Dépêchez-vous !

Sans plus attendre, l'adolescent remonta le couloir. Il n'avait aucune idée de la direction dans laquelle aller. Quand on l'avait amené là, il était trop sonné pour faire attention à la configuration des lieux. Mais il projeta son esprit en avant et reconnut l'embranchement à prendre pour retrouver le hall dont lui avait parlé Adrien. Puis, en poussant plus loin, il le vit, en compagnie de Liza et de ses parents. Ils étaient vraiment là ! Sous le choc, il perdit sa concentration, mais ça n'avait plus d'importance, il savait où aller à présent.

Alors qu'il allait tourner à gauche, il percuta de plein fouet un homme de la sécurité qui venait en sens contraire. Il était accompagné de deux acolytes. Ils s'arrêtèrent un bref instant, déconcertés, mais se ressaisirent vite. L'un d'eux attrapa Max par le bras et le plia pour l'immobiliser. Le garçon répliqua par une prise de krav-maga qui prit de court son adversaire. Les deux autres se jetèrent sur lui. L'un d'eux avait un Taser. Il visa sa cible, mais Max parvint à l'éviter de justesse.

Immobilisé par les vigiles, il n'arrivait plus à se dégager et se débattait comme un beau diable. Il lui fallait de l'aide.

— Aidez-moi ! Je suis là !

Il hurlait de toutes ses forces. Cette fois, la décharge du Taser ne le manqua pas, et un râle s'échappa de ses lèvres sous le coup de la décharge. Étourdi, il se laissa traîner par les hommes de Rouelle qui remontaient le couloir dans le sens inverse. Ils le ramenaient dans sa cellule !

Mais de nouveaux cris attirèrent l'attention de ses gardes. Adrien venait d'apparaître dans le couloir et beuglait de sa voix de stentor :

— Lâchez-le !

Sans hésiter, il fonça sur l'un des hommes qui retenait Max, la tête en avant, comme un taureau. Sous la force du choc, le garde lâcha Max. Ce dernier commençait à reprendre ses esprits. Heureusement, la décharge qu'on lui avait envoyée n'était pas très forte, certainement sur ordre de Rouelle, qui ne voulait pas qu'on abîme son protégé.

Un vigile dégaina alors son revolver, l'attrapa par le canon et tenta d'assommer Adrien avec la crosse. Mais ce dernier disparut avant même que le coup ne lui soit porté et réapparut un peu plus loin.

— Pas de chance, hein, mon gars ? ricana-t-il.

Derrière sa haute silhouette, un groupe surgit depuis l'angle du couloir.

— MAAAAAXXXX ! hurla la femme en voyant le

garçon étourdi au sol.

Sans se préoccuper des gardes qui se précipitaient vers elle, elle se rua sur son fils, le prit dans ses bras.

Pendant ce temps, Laurent envoya une droite bien sentie dans le menton d'un des cerbères. Sa force était décuplée par la vue de Max. C'était donc vrai, il était bien vivant !

Quant à Liza, elle avait sorti de la poche de son ample gilet troué un spray au poivre. Avec toutes les histoires de disparitions et d'agressions qui étaient partagées sur Twitter, elle en avait fait l'acquisition pour les soirs où elle rentrait tard chez elle après son cours de dessin. D'habitude, elle le gardait dans son sac à dos, mais elle avait pensé à le prendre avec elle pour l'occasion.

Avec assurance, elle visa les yeux du garde qui essayait de l'intercepter. Ce dernier plaqua ses mains sur son visage en criant de douleur et de surprise. Liza le regarda se contorsionner pour finalement détaler, certainement pour rincer le produit.

— Merci, c'est cool, dit-elle après avoir bruyamment claqué une bulle de chewing-gum. Il était presque périmé. Comme ça je ne regretterai pas de le mettre à la poubelle sans l'avoir jamais utilisé.

Adrien s'esclaffa, et son double apparut à son tour. Il se trouvait à deux endroits en même temps, mais dans le même périmètre, ce qui donnait une impression très étrange. Il s'observa d'un œil critique.

— C'est la première fois que je fais ça, me matérialiser dans la même pièce que moi-même. J'ai une tête bizarre, non ?

En disant ces mots, il disparut alors qu'un homme

tentait de le viser avec son Taser, pour réapparaître deux mètres plus loin.

Sophie, pendant ce temps, absolument insensible au chaos ambiant, serrait Max contre son cœur.

— Tu es vivant. Tu es bien vivant, sanglotait-elle en lui caressant les cheveux.

— Maman, bredouilla le garçon encore sonné.

Cependant, malgré leur courage et leur détermination un peu folle de prendre d'assaut le Centre pour libérer Max, le groupe constitué de ses parents, d'Adrien et de Liza était nettement désavantagé par leur petit effectif et leur inexpérience totale en matière de lutte, face au nombre et à l'entraînement très professionnel des hommes de la sécurité. D'autant plus que d'autres agents surgissaient de plusieurs points du bâtiment.

Finalement, sans grande surprise, les gardiens du Centre eurent le dessus, et il ne fallut pas longtemps pour que la famille Vidal, Liza et Adrien ne se fassent maîtriser. C'est alors qu'un homme grand, mince, tout vêtu de gris, aux yeux trop noirs, arriva sur le champ de bataille. Sa voix, qui pourtant était restée égale, claqua dans le vaste couloir.

— Ça suffit !

Aussitôt, sa garde se figea. La scène ressembla alors à un étrange tableau dramatique.

— François-Xavier, souffla le docteur Vidal en reconnaissant Rouelle.

— Laurent, quel plaisir de te revoir ici, bien que les circonstances soient un peu… curieuses.

Puis, le regard de l'homme se posa sur Adrien et Liza.

— Je ne me doutais pas qu'il y avait des traîtres dans

nos rangs. J'aurais dû être plus prudent, dit-il de sa voix trop douce, qui était plus terrifiante que s'il avait montré de la colère ou de la déception. Je vois que mon secret est définitivement éventé...

Puisqu'il n'était plus entravé par des vigiles, Laurent se précipita sur Rouelle et le saisit au col. Même si l'homme gris était plus grand que lui, la colère décuplait ses forces, et il le secoua comme s'il ne pesait rien.

— Espèce de monstre ! Comment as-tu osé ? Tu sais ce que tu nous as fait vivre ? Te rends-tu compte du cauchemar que nous avons traversé ?

Rouelle se laissa malmener jusqu'à ce que le médecin, à bout de force, le lâche.

— Je sais, se contenta de répondre l'homme du Centre. Je ne vais pas dire que je suis désolé, parce que je ne le suis pas vraiment. Grâce à moi, Max est devenu un maître dans la vision à distance, et d'autres qualités se cachent en lui que lui-même ignore. Avec ses capacités, il peut rendre de grands services à l'humanité tout entière.

Laurent secoua la tête d'un air las.

— Mon fils était déjà exceptionnel à mes yeux sans tout ce fatras. J'aurais préféré le voir grandir ces trois dernières années, ne manquer aucun de ces moments avec lui, plutôt que de savoir ce qu'il est capable de faire.

— Tu as une vision trop limitée, Laurent. Pourtant, tu as étudié le cerveau de dizaines de jeunes comme lui. Tu as vu le merveilleux potentiel de leurs talents, les magnifiques perspectives qu'ils offraient. Comment peux-tu rester aussi obtus ? Puisque tu t'es passionné pour eux, pourquoi avoir fermé la porte à ton propre fils ? Si tu m'avais laissé le prendre comme élève au Centre, rien de tout cela ne serait arrivé.

— Je t'interdis de rejeter la faute sur moi ! Max est notre fils à Sophie et à moi, et c'est à nous de décider ce qui est bon pour lui ou pas. Pas à toi ni à personne d'autre. C'était à toi de respecter mon choix et de te trouver un autre prodige à dresser !

Il s'interrompit, à bout de souffle. Autour d'eux, personne ne bougeait ou ne faisait un bruit. Ils assistaient tous à cet échange, emplis de colère, de douleur et de ressentiment.

— Tu as peut-être raison, finit par dire Rouelle. Mais c'est trop tard maintenant. Alors qu'allons-nous faire ? Partir comme ça, comme si de rien n'était ?

— Exactement, François-Xavier. Je vais partir avec ma femme et mon fils. Je vais rentrer chez moi pour retrouver ma famille complète, pour reconstruire ce que tu as brisé. Et je vais tout faire pour te détruire, comme tu as détruit les miens. Et surtout, ne t'avise pas de t'en prendre à Liza et à Adrien. Ils sont plus honnêtes, plus droits que tu ne le seras jamais. Tu parlais d'aider l'humanité ? C'est ce qu'ils se sont employés à faire, à leur échelle, en nous aidant.

Là-dessus, il se retourna vers Sophie.

— Viens, on rentre.

Sa femme hocha la tête et, soutenant Max, elle suivit Laurent vers la sortie. Les trois étaient encadrés par Adrien et Liza.

On ne les empêcha pas de partir, il n'y eut aucun mouvement derrière eux.

Une fois sur le parking, Laurent et Sophie serrèrent Liza et Adrien dans leurs bras.

— Merci pour tout, les enfants, murmura Laurent avec émotion.

Adrien se balança d'un pied sur l'autre, gêné par cette manifestation de sympathie.

— C'est normal, doc, répondit-il. Et ne vous inquiétez pas pour nous. Moi, je suis content de vous avoir aidés et je suis encore halluciné de la gravité des décisions et actions de Rouelle. Je n'ai plus envie de travailler pour un type pareil.

Laurent secoua la tête.

— Ne quitte pas le Centre à cause de ça. Tu es doué dans ce que tu fais, et on a besoin de gens comme toi, pas seulement dotés de capacités étonnantes, mais aussi d'un grand cœur et d'un immense courage.

— Moi aussi je suis contente de vous avoir aidés, enchaîna Liza en mâchant son chewing-gum avec décontraction. Je n'aurais jamais pu me regarder en face en sachant ce qu'il se passait et en ne faisant rien. Et moi, je ne travaille pas au Centre et je m'en fiche si on me vire. J'ai déjà appris l'essentiel et je ne comptais pas continuer là-bas. Je veux devenir dessinatrice de BD, alors c'est pas Rouelle et ses copains qui vont m'apprendre à dessiner !

Là-dessus, sans rien attendre d'autre, elle demanda à Adrien :

— Tu me ramènes chez moi ?

— Bien sûr, Mistinguett !

Mais, avant de partir, elle se tourna vers Max qui n'avait pas dit un mot. Encore sous le choc des événements qu'il avait vécus depuis sa fuite, malmené par le coup de Taser, bouleversé par les retrouvailles avec ses parents, épuisé par l'effort qu'il avait fourni pour se battre contre les vigiles, il s'appuyait contre sa mère et se sentait un peu hébété, vidé de toute énergie.

La jeune fille s'approcha de lui et déposa un baiser sur sa joue.

— Je passe te faire coucou très vite, d'accord ? Maintenant, je connais ton adresse…

— Oui, murmura Max d'une voix rauque. Et ne t'en fais pas, où que je sois, je peux te voir…

La vie reprend
(aujourd'hui)

Cela faisait maintenant deux mois que Max était retourné vivre chez ses parents et il ne réalisait pas encore le miracle que cela représentait. On avait refait la chambre d'amis pour qu'elle devienne sa chambre, et il s'appropriait cet espace tous les jours un peu plus. Il avait à présent un ordinateur rien que pour lui. Il avait aussi repris les cours. Cela avait été compliqué parce qu'il était considéré comme mort par l'Administration, mais son père et sa mère s'étaient battus pour lui rendre son identité.

Passer de la solitude quasi totale à une vie d'ado normal s'était fait progressivement. L'ajustement n'avait pas été si facile que ça parce qu'il devait reprendre l'habitude de vivre en famille, d'aller au lycée, d'avoir des copains de classe. Mais recevoir des messages ébahis et heureux des amis d'autrefois qui découvraient qu'il était finalement en vie et l'affection sans faille de ses parents l'aidait à reprendre pied jour après jour dans la vie réelle.

JE PEUX TE VOIR

Son bonheur de dîner tous les soirs avec ses parents et Morgane, de recevoir leurs attentions, de se sentir aimé, choyé, lui permit de traverser cette période de transition un peu étrange.

Et puis il y avait Liza. Grâce à la vision à distance, il n'y avait même pas besoin de l'appeler pour avoir de ses nouvelles. Parfois, le soir, elle se matérialisait dans la chambre de Max, comme un fantôme un peu flou, un peu pâle. Elle flottait au milieu de la pièce. Seul Max pouvait la voir, l'entendre, communiquer avec elle dans cet état spécial.

Elle venait prendre de ses nouvelles régulièrement et lui en donnait aussi.

— Ça bouge au Centre, lui raconta-t-elle ce soir-là.

Max savait que la scène qui s'était déroulée le jour où ils étaient venus le délivrer n'était pas passée inaperçue. Avec le système de sécurité performant qui équipait tout le bâtiment, les images avaient été enregistrées par toutes les caméras de surveillance et étaient remontées jusqu'à ceux qui dirigeaient cette organisation dans son ensemble. Pas juste ce Centre-là, qui était sous la houlette du Pater.

— Rouelle a été viré. Ça s'est fait d'un coup. C'était un peu bizarre parce que c'est son propre service de sécurité qui l'a mis dehors. C'est une femme qui va prendre sa place au Centre. Il paraît qu'elle dirigeait celui qui se trouve dans le sud de la France et qu'elle est super. Je te dirai…

Max hocha la tête et lui sourit.

— Je vais le découvrir aussi, t'inquiète.

— Quoi ? Comment ça ?

— J'ai demandé à mes parents de me laisser continuer ma formation au Centre. Je vais suivre les cours là-bas, moi aussi.

Le visage transparent de Liza s'anima.

— C'est vrai ? Et ils ont dit oui ?

Max eut un petit rire.

— Ils pensent que je suis en âge de décider, maintenant. Et puis je leur ai expliqué que je trouvais que Rouelle avait raison sur un point et un seul : il fallait utiliser ce genre de facultés pour faire le bien. Il n'a pas su appliquer ses propres conseils, mais au final je sais que c'est ça que je veux mettre en pratique. Je veux continuer à apprendre et utiliser tout ce que je suis capable de faire pour accomplir des choses positives, utiles.

— Ça veut dire que je vais te voir tous les jours au Centre ?

— Eh ouais !

Max aussi était content. Il avait hésité à faire cette demande à ses parents après tout ce qui s'était passé. Ils avaient échangé un long regard, et Laurent avait soupiré avant de répondre :

— Tu es en âge de prendre ce genre de décision. Il semble que Rouelle soit sur la sellette. Nous accepterons que tu ailles là-bas lorsque lui n'y sera plus. Je ne veux pas que tu recroises cette ordure un jour.

Max avait accepté la condition : il n'avait aucune envie de revoir le Pater lui aussi. Les trois années passées à ses côtés lui avaient suffi.

— Et sinon, comment tu vas ? lui demanda doucement Liza.

— De mieux en mieux chaque jour. Je renoue avec ma famille, avec une vie normale et quotidienne. Ça fait du bien, même si tout n'est pas facile. Et toi ?

— Ça va super bien. Mes frères sont toujours aussi mignons et insupportables à la fois. Ma mère me demande quand tu reviens dîner à la maison, je lui ai dit que j'espérais que ce serait bientôt... J'ai envie de te revoir, Max, de te connaître mieux.

Max sentit ses joues devenir brûlantes. Il avait remarqué que Liza l'appréciait beaucoup. Et, de son côté, il devait avouer qu'elle lui plaisait. Il aimait son côté décalé, la façon qu'elle avait de ne pas se soucier de ce qu'on pensait d'elle, d'être authentique.

— Moi aussi, murmura-t-il.

Son visage s'éclaira.

— Alors vivement que tu viennes au Centre. Tu vas tous nous faire honte tellement tu seras meilleur que nous, mais c'est pas grave !

Ils discutèrent encore quelques instants de tout et de rien avant que Liza ne disparaisse.

Max se retrouva tout seul dans sa chambre. Il avait l'habitude de la solitude et du silence, et parfois il se sentait mieux ainsi qu'à regarder la télé avec sa famille. Mais ça commençait à changer tout doucement. Morgane s'était assigné la mission de lui faire rattraper tous les films et toutes les séries qu'il avait manqués ces trois dernières années. Régulièrement, ils se retrouvaient sur le canapé, juste tous les deux, à avaler des heures d'images. Alors qu'autrefois ils se chamaillaient souvent, cela n'arrivait plus. Morgane s'était assagie. L'accident, le fait qu'elle ait cru perdre son frère, tout cela lui avait fait réaliser qu'il fallait profiter de chaque seconde que la vie avait à offrir en compagnie des gens qu'on aimait.

Aujourd'hui, une véritable complicité naissait entre eux, et Max aimait bien ça.

Et ce soir, sa sœur avait prévu le visionnage d'une série de films qui racontait l'histoire d'une fille qu'on envoyait dans une arène où elle devait se battre pour survivre…

En souriant, il descendit dans le salon pour y retrouver la chaleur de sa famille. Pour la première fois depuis son retour, il n'éprouva pas la peur de se réveiller après un beau rêve. Non, cette fois, il savait que c'était la réalité, et elle le rendait heureux.

Épilogue

(six mois plus tard)

Max avançait dans un bâtiment qui lui paraissait sans fin. Des ouvertures dont les portes avaient été arrachées depuis belle lurette découpaient les murs de part et d'autre du couloir qu'il remontait. Les salles, derrière ces accès béants, étaient en ruine. Des gravats, de la poussière, des tiges tordues de métal s'étalaient partout, donnant un côté « fin du monde » à ce décor. C'était la troisième tentative de Max pour retrouver un homme important. C'était sa mission, attribuée par le Centre. Il y retournait depuis quelques semaines et continuait sa formation là-bas, mais, en plus des cours et des entraînements, on lui avait confié une tâche à accomplir. Celle-là était vitale : un homme avait été kidnappé, et tout le monde le cherchait depuis. C'était une personnalité essentielle dans la signature d'un accord de paix qui devait se produire entre deux pays. Plusieurs espions psi, comme Max, étaient sur le coup, mais jusqu'ici leurs recherches s'étaient soldées par des échecs.

JE PEUX TE VOIR

C'était la première fois que le garçon ressentait l'importance de sa mission. Auparavant, il n'en saisissait pas le sens : regarder des écrans, noter des mots, des formules qui ne voulaient rien dire pour lui, cela n'avait ni queue ni tête. Mais participer à la fin d'une guerre, sauver les millions de personnes qui seraient épargnées si les combats s'arrêtaient, là il comprenait le rôle qu'il avait à jouer, la responsabilité qui pesait sur ses épaules.

Il s'était servi de la photo de l'homme pour tenter de le retrouver. Les deux tentatives précédentes l'avaient mené vers des gens qui ressemblaient étrangement à sa cible. Des pièges pour détourner l'attention ? C'était une hypothèse probable.

Aujourd'hui, c'était la première fois qu'il se retrouvait en ces lieux abandonnés et angoissants. Heureusement qu'il n'était pas vraiment là, en personne, parce que sinon ses pieds auraient trébuché contre des blocs de béton, il aurait fait du bruit en écrasant des éclats de verre. Mais puisqu'il se projetait dans ce bâtiment en ruine par la pensée, il ne faisait aucun bruit. Il était parfaitement silencieux et invisible.

Minutieusement, patiemment, il explorait chaque salle, chaque recoin, chaque étage.

Soudain, il perçut un son. Un gémissement.

Il se « téléporta » vers l'origine du bruit. Il se trouvait à présent dans un sous-sol sombre, à peine éclairé par une lampe à pétrole. Il n'y avait pas de fenêtre, et seule une porte, gardée, permettait d'entrer dans la pièce sale et suintante d'humidité.

Max sut immédiatement qu'il l'avait trouvé. L'homme était assis, les mains nouées derrière le dos au dossier de sa chaise. Sa tête était penchée en avant.

Il était surveillé par deux gardes dont les silhouettes armées se détachaient à peine dans la pénombre. Max fit le tour du siège. Il était inquiet. Le prisonnier ne bougeait pas, ne semblait pas respirer. Mais il fut soulagé quand il vit qu'il était en vie. On l'avait frappé au visage, et il avait un œil et une lèvre tuméfiés. Cependant, un souffle quasiment inaudible s'échappait de sa bouche entrouverte.

C'était lui, sans aucun doute. Amoché, les joues couvertes de sang et mangées de barbe, mais c'était bien lui. Max avait réussi.

Il eut envie de dire à l'homme qu'il pouvait le voir, qu'il l'avait trouvé et qu'on viendrait bientôt le délivrer, mais il savait que le prisonnier ne le distinguerait ni ne l'entendrait. Alors il se contenta d'ouvrir les yeux sur la salle du Centre où d'autres espions psi, dont Liza, étaient en mission eux aussi.

Adrien, qui supervisait les opérations de la journée, vit aussitôt son mouvement.

— Alors ?

— Je l'ai vu. Je sais où il est, se contenta de répondre Max.

Adrien lui donna une tape amicale sur l'épaule.

— Bravo. Je préviens les autorités.

Autour d'eux, tout s'agita. Maintenant, c'était aux commandos d'élite d'aller le chercher, de le ramener vivant, afin que le processus de paix arrive à son terme, que la guerre s'arrête.

Liza lui sourit, déposa un baiser sur ses lèvres.

— Tu es vraiment le meilleur.

Max sourit, gêné par cette réflexion, mais il hocha la tête. Cette fois, il savait qu'il avait fait une différence pour deux peuples. Personne ne saurait jamais que c'était lui qui avait retrouvé l'otage, qui avait certainement sauvé le traité de paix. Mais peu lui importait. Il avait décidé de continuer à utiliser ses capacités pour accomplir de grandes choses, pour aider l'humanité, pour faire de la Terre un monde meilleur. Aujourd'hui, c'était un premier pas vers ce but précieux qu'il s'était fixé.

Aujourd'hui, pour la première fois, il se dit que ce qu'il avait vécu, enduré, n'avait pas été vain et il rendit son baiser à Liza, plus heureux qu'il ne l'avait jamais été.

Carina

Rozenfeld

Carina Rozenfeld a commencé à écrire ses propres histoires dans des cahiers de brouillon parce qu'elle pensait que rêver la nuit ne suffisait pas. De nombreuses années plus tard, devenue journaliste dans la presse jeunesse dans la journée, elle a continué à écrire des histoires la nuit. À ce jour, elle a publié plus d'une trentaine livres en France ainsi qu'à l'étranger et elle a gagné près de trente prix littéraires. Carina est aujourd'hui écrivain à temps plein et continue à écrire des histoires dans les littératures de l'imaginaire…

Chez Gulf stream éditeur, elle est l'auteur de la série L'Héritier des Draconis.

Ses ouvrages chez d'autres éditeurs (bibliographie sélective) :

Le Feu secret, La Cité secrète, coécrits avec C. J. Daugherty (Robert Laffont) ; La Quête des pierres de Luet (L'Atalante) ; *Les Sentinelles du futur* (Syros) ; *Moi, je la trouve belle* (Syros) ; La Quête des Livres-Monde (L'Atalante) ; *À la poursuite des Humutes* (Syros) ; *Les Clefs de Babel* (Syros)…

Table des matières

Dans la même collection

ÉCHOS

À PARAÎTRE
LE 4 OCTOBRE 2018

À travers le récit choral d'une journée infernale, Charlotte BOUSQUET dessine le portrait d'une société soudée et résistante dans la lutte pour la liberté

Reproduit et achevé d'imprimer en juillet 2018,
par Leporello, en Lettonie,
pour le compte de Gulf stream éditeur,
31, rue Alfred-Riom, 44100 Nantes,
www.gulfstream.fr
Dépôt légal 1re édition : octobre 2018